LE CERCLE DES POÈTES DISPARUS

N. H. KLEINBAUM

Le Cercle
des Poètes Disparus

TRADUCTION DE OLIVIER DE BROCA

ÉDITION° 1 - MICHEL LAFON

CHAPITRE 1

Rassemblés dans la chapelle du prestigieux collège Welton, une école privée nichée au cœur des collines du Vermont, quelque trois cents jeunes garçons en uniforme patientaient sagement, assis d'un côté et de l'autre de l'allée, entourés de parents dont les visages resplendissaient de fierté. Soudain, on entendit s'élever sous la voûte les longues notes sinueuses d'une cornemuse ; d'un même mouvement, les têtes se tournèrent vers l'entrée de la chapelle et l'on aperçut en contre-jour la silhouette d'un homme tassé par l'âge et qu'une ample toge faisait paraître plus petit encore. Après avoir allumé la mèche d'un cierge qu'il tenait fiché dans un chandelier d'argent, il prit dignement la tête d'un cortège composé d'étudiants portant bannières, d'une pléiade d'anciens élèves et de professeurs drapés dans leur toge doctorale, cortège qui s'engouffra dans l'auguste chapelle en glissant sur les dalles de l'allée centrale.

Les quatre garçons qui portaient haut des bannières sur lesquelles on pouvait lire, brodés en lettres gothiques, les mots « Honneur », « Tradition », « Discipline » et « Excellence », avancèrent d'un pas solennel jusqu'à l'estrade, suivis à quelques pas par le peloton de professeurs. Le porteur de chandelier, dont l'attention était tout entière occupée à protéger la flamme des courants d'air, fermait à présent la marche.

Le doyen du collège, Mr. Gale Nolan, un homme d'une soixantaine d'années aux yeux de hibou et au bec d'aigle, se tenait debout à la tribune et couvait la procession d'un regard bienveillant, le buste droit et les paumes posées sur les coins de sa chaire.

— Mesdames et messieurs... Chers enfants..., déclama-t-il en désignant le candélabre d'un effet de manche théâtral. La flamme de la connaissance !

Sous les applaudissements circonspects de l'assistance, le vieil homme présenta alors le cierge à bout de bras avec toute la lente cérémonie qu'exigeait sa fonction. Un silence respectueux s'imposait et le joueur de cornemuse alla modestement se placer à l'extrémité droite de l'estrade tandis que les quatre garçons abaissaient leurs bannières et retournaient se mêler à leurs camarades.

Le détenteur du savoir s'avança alors vers les premiers rangs où attendaient les plus jeunes élèves, une bougie éteinte à la main. Lentement, il se pencha pour allumer la mèche que lui présentait l'étudiant en bordure d'allée.

— Les aînés vont transmettre la flamme de la connaissance à leurs cadets, entonna le doyen, tandis que l'un après l'autre les garçons allumaient leur bougie à celle du voisin.

— Mesdames et messieurs, élèves et anciens

élèves... En cette année 1959, nous célébrons le centenaire de la fondation de notre collège. Il y a cent ans, en 1859, quarante et un jeunes garçons, assis dans cette même chapelle, s'entendirent poser la question que je m'apprête à vous poser maintenant et qui vous accueillera désormais à chaque rentrée scolaire.

Mr. Nolan marqua une pause délibérée, promenant son regard sur les jeunes visages anxieux.

— Messieurs, quels sont les quatre piliers ?

Aussitôt, les élèves se levèrent et, un moment, on n'entendit plus que le bruit de leurs semelles sur les dalles. Todd Anderson, un des rares étudiants à ne pas porter le blazer de l'école, sembla hésiter. D'un coup de coude, sa mère lui intima l'ordre d'imiter ses camarades. Le visage du jeune homme était sombre, ses yeux brillaient d'une noire tristesse. Il se leva à son tour et, sans desserrer les lèvres, regarda autour de lui ses condisciples qui se mirent à clamer comme un seul homme :

— Tradition ! Honneur ! Discipline ! Excellence !

Mr. Nolan eut un hochement de tête satisfait, et les garçons se rassirent. Lorsque le dernier grincement de chaise se fut perdu sous la voûte, un silence attentif s'abattit sur la chapelle.

— Pour sa première année d'existence, tonna le doyen en se penchant sur le microphone, le collège Welton obtint cinq lauréats. L'année dernière, nous en avons compté cinquante et un, dont la plupart ont vu ainsi s'ouvrir les portes des universités les plus prestigieuses.

Les parents enthousiastes saluèrent par une salve d'applaudissements les bons résultats obtenus grâce aux efforts dévoués de Mr. Nolan. Deux des porte-bannière, Knox Overstreet et son ami Charlie Dalton, se joignirent à l'ovation, conscients d'appartenir à une élite. Flanqués de leurs parents, ils portaient tous deux l'uniforme du collège Welton dont ils semblaient, chacun dans son genre, les représentants les plus parfaits. Le cheveu court, Knox était un adolescent à l'allure sportive, au sourire franc et direct. Quant à Charlie, la mèche tombante et le rictus arrogant, il évoquait tout à la fois le fils de bonne famille et l'archétype de l'étudiant en classe préparatoire.

— Cette réussite exemplaire, poursuivit Mr. Nolan tandis que Knox et Charlie échangeaient des regards complices avec leurs camarades des rangs voisins, est le résultat de notre attachement fervent aux valeurs enseignées en ces lieux. C'est pour cette raison que vous, les parents, vous nous confiez vos fils ; et c'est pour cette raison que nous sommes aujourd'hui l'une des meilleures écoles préparatoires des États-Unis. Passer par Welton, c'est pour vos enfants le premier pas vers les hautes carrières qui les attendent !

Nolan marqua une nouvelle pause pour mieux savourer un tonnerre d'applaudissements qu'il affecta de vouloir écourter en soulevant légèrement les mains.

— Quant à vous, nouvelles recrues, reprit Nolan en dirigeant son regard vers les plus jeunes, sachez que la clef de votre succès repose sur ces quatre piliers. Et ceci vaut également pour les étudiants de dernière année et ceux qui viennent d'être transférés dans nos murs.

A ces mots, Todd Anderson s'agita sur sa chaise, se sentant personnellement visé.

— Les quatre piliers sont la devise de notre institution, et ils deviendront le fondement et la pierre de touche de votre existence.

— Prix d'excellence Richard Cameron, appela Nolan.

Aussitôt, un des porte-bannière bondit sur ses pieds.

— Présent ! cria Cameron.

A son côté, son père rougissait d'aise.

— Cameron, qu'est-ce que la tradition ?

— La tradition, monsieur Nolan, est l'amour du collège, de la patrie et de la famille. Et la tradition, à Welton, c'est d'être les meilleurs !

— Bien, monsieur Cameron.

L'enfant se rassit, le dos droit contre le dossier, couvé par le regard de son père.

— Prix d'excellence George Hopkins. Qu'est-ce que l'honneur ?

— L'honneur est la dignité morale par l'accomplissement du devoir ! répondit sans hésiter le garçon interrogé.

— Bien, monsieur Hopkins. Prix d'honneur Knox Overstreet !

Knox se leva.

— Présent.

— Qu'est-ce que la discipline ?

— La discipline est le respect dû aux parents, aux professeurs et au doyen du collège. La discipline doit être spontanée.

— Merci, monsieur Overstreet. Prix d'honneur Neil Perry.

Knox se rassit, souriant. Ses parents, assis de chaque côté, lui tapotèrent l'épaule en manière de félicitations.

Neil Perry se leva à son tour. C'était un adolescent aux traits délicats, presque féminins, mais qui jouissait d'un certain ascendant sur ses camarades — ascendant qu'il devait à ses résultats scolaires mais aussi à une sorte de générosité intellectuelle. Sa poche de poitrine était couverte d'insignes de mérite. Il présenta un visage fermé au doyen.

— L'excellence, monsieur Perry ?

— L'excellence est le fruit d'un travail acharné, répondit Perry d'une voix forte mais monotone. L'excellence est la clef du succès, dans les études comme dans la vie.

Il se rassit, sans détourner le visage de l'estrade. A son côté, son père resta de marbre, ne lui adressant pas le moindre signe de satisfaction.

— Messieurs, reprit Nolan, vous travaillerez sans doute plus à Welton que vous n'avez jamais travaillé dans toute votre vie, et votre récompense sera cette réussite que nous attendons de vous.

« Monsieur Portius, notre cher et éminent professeur de littérature, nous ayant quitté afin de profiter d'une retraite amplement méritée, vous aurez la chance de découvrir celui qui va reprendre le flambeau, monsieur John Keating, lui-même diplômé de ce collège, avec les félicitations du jury, et qui a enseigné pendant plusieurs années à la très fameuse Chester School de Londres.

Mr. Keating, assis avec les autres membres du corps enseignant, se leva et inclina légèrement le buste pour saluer l'assistance. Agé d'une trentaine d'années, les cheveux châtains et les yeux marron, le nouveau professeur de littérature était un homme de taille et de corpulence moyennes qui se distinguait néanmoins de ses collègues par sa jeunesse et par une certaine flamme qui animait son regard. L'impression générale était celle d'un homme respectable et érudit, mais le père de Neil Perry, troublé par ce changement, ne le considéra pas moins avec suspicion.

— Pour conclure cette cérémonie de bienvenue, dit le doyen, j'aimerais appeler à cette tribune le plus vieux diplômé de Welton encore en vie, monsieur Alexander Carmichael, de la promotion de 1886.

L'assistance se leva pour applaudir un auguste octogénaire qui, refusant avec irritation les mains qui s'offraient à l'aider, se dirigea avec une lenteur pénible vers l'estrade. Il marmonna quelques mots que l'on ne comprit guère et la cérémonie s'acheva ainsi. Abandonnant l'enceinte de la chapelle, la foule des élèves et des parents s'éparpilla au pied des bâtiments du collège.

Les murs noircis par l'âge semblaient se combiner à une tradition d'austérité tout juste centenaire pour isoler Welton du reste du monde. Sur la plus haute marche du parvis, comme un vicaire contemplant ses ouailles à la sortie du service dominical, le doyen Nolan assistait aux adieux qu'échangeaient les familles.

La mère de Charlie Dalton écarta la mèche qui tombait dans les yeux de son fils et le serra contre son cœur. Après une brève étreinte, Knox Overstreet et son père firent quelques pas ensemble, le regard tourné vers le parc qui s'étendait devant eux. Le père de Neil Perry, sans se départir de son allure martiale, mettait de l'ordre aux insignes épinglés sur la pochette de son fils. Quant à Todd Anderson, un peu à l'écart, il trompait son désespoir en déterrant une pierre avec la pointe de sa chaussure. Ses parents conversaient à quelques distances avec un autre couple, sans se préoccuper le moins du monde de leur fils. Les yeux fixés sur le sol, Todd tressaillit en voyant soudain Mr. Nolan se pencher pour lire le nom inscrit sur le revers de sa poche.

— Ah, monsieur Anderson ! Vous n'aurez pas une succession facile, jeune homme. Votre frère était sans conteste l'un de nos plus brillants éléments.

— Merci, monsieur, murmura Todd.

Les mains dans le dos, le doyen s'éloigna en flânant et se joignit à la foule des parents et des élèves, saluant et souriant çà et là avec un mélange de bonhomie et de suffisance. Il s'arrêta devant Mr. Perry et son fils, posant une main affectueuse sur le bras du jeune garçon.

— Nous fondons beaucoup d'espoirs sur vous, monsieur Perry, dit-il.

— Merci, monsieur le doyen.

— Il ne vous décevra pas, assura le père de l'enfant. N'est-ce pas, Neil ?

— Je ferai de mon mieux, père, répondit celui-ci en regardant par terre.

Nolan le gratifia d'une tape paternelle sur l'épaule avant de poursuivre son tour du propriétaire. Plusieurs des élèves les plus jeunes étaient émus jusqu'aux larmes et leur menton frémissait tandis qu'ils embrassaient leurs parents, dont certains n'avaient jamais été séparés.

— Tu verras comme tu vas te plaire ici, lança un père en agitant la main une dernière fois avant de s'éloigner d'un pas rapide.

— Ne fais pas l'enfant, réprimandait un autre en secouant son fils qui sanglotait.

Peu à peu, les parents regagnaient leur voiture ; l'air tiède et cotonneux de l'été indien étouffait le claquement lourd de leurs portières et ils disparurent lentement, dans un dernier éclat de chrome, sous les grands ormes de l'allée principale.

Les jeunes garçons étaient livrés à eux-mêmes. Ou plus exactement, ils avaient trouvé en Welton un nouveau foyer, perdu dans les bois du Vermont.

— Je veux rentrer chez moi ! pleurnicha un enfant attardé dans la cour.

Un condisciple plus âgé passa un bras réconfortant autour de ses épaules et l'entraîna doucement vers l'entrée du dortoir.

CHAPITRE 2

— Du calme, jeunes vauriens, brailla un professeur. On ne court pas !

Une quarantaine d'élèves de première année dégringolait l'escalier du dortoir dans un fracas épouvantable alors qu'une quinzaine de leurs aînés tentait de se frayer un passage à contresens.

— Oui, monsieur, répondirent les enfants. Oui, monsieur McAllister. Pardon, monsieur.

Mr. McAllister secoua la tête en regardant cette meute juvénile franchir les portes au pas de charge et s'élancer sur le campus.

Une fois dans la salle d'honneur, les élèves attendaient leur tour dans un silence recueilli, debout ou assis sur de vieilles chaises recouvertes de cuir. Plusieurs paires d'yeux inquiets se portaient régulièrement sur la double porte du premier étage, au bout du grand escalier à grosse rampe carrée.

Un des battants s'ouvrit et livra passage à cinq élèves qui descendirent sans bruit dans la salle. Un homme aux cheveux grisonnants s'avança sur le palier.

— Overstreet, Perry, Dalton, Anderson, Cameron, prononça distinctement le professeur Hager. A votre tour.

Ceux dont les noms venaient d'être appelés gravirent ensemble les marches sous le regard attentif de deux de leurs camarades. Pitts était un grand garçon peu bavard, les cheveux coiffés en brosse, le sourcil bas et les épaules légèrement tombantes. Meeks, à côté de lui, était plus petit, l'œil vif cerclé de lunettes.

— C'est qui le nouveau ? chuchota Meeks à son camarade de classe.

— Anderson, répondit Pitts dans un murmure.

— Il n'a pas l'air dans son assiette.

Mais leur conversation n'échappa pas à la vigilance du vieux Hager.

— Messieurs Pitts et Meeks. Un blâme.

Les deux garçons baissèrent les yeux sur la pointe de leurs chaussures. Pitts souleva le coin de sa bouche en signe d'irritation. Le professeur Hager était presque aussi vieux que les murs du collège, mais il avait gardé un œil d'aigle.

— Monsieur Pitts, cela vous vaudra un second blâme.

Les élèves que Hager venait d'appeler le suivirent dans le bureau de Mr. Nolan, saluant au passage sa femme et secrétaire, Mrs. Nolan, qui tapait à la machine dans l'antichambre.

Ils s'immobilisèrent devant le doyen du collège qui était installé à son bureau, un setter irlandais allongé à ses pieds.

— Heureux de vous revoir, jeunes gens. Monsieur Dalton, comment se porte votre père ?

— Il va bien, monsieur.

— Monsieur Overstreet, votre famille a-t-elle déjà établi ses nouveaux quartiers ?

— Oui, monsieur, depuis un mois environ.

— Tant mieux, tant mieux, fit Nolan en souriant brièvement. Je me suis laissé dire que leur nouvelle maison était splendide.

Il caressa un moment son chien entre les deux oreilles et lui offrit une ou deux friandises dans le creux de la main tandis que les cinq garçons attendaient en se balançant d'un pied sur l'autre.

— Monsieur Anderson, reprit le doyen sans lever la tête. Puisque vous êtes nouveau, permettez-moi de vous expliquer qu'ici, à Welton, c'est moi qui attribue les activités extra-scolaires sur la base du mérite et des désirs exprimés par chacun. Il va sans dire que ces activités doivent être abordées avec un sérieux identique à celui que vous consacrez à votre travail purement scolaire. N'est-ce pas, jeunes gens ?

Le doyen releva la tête.

— Oui monsieur ! lui fut-il répondu d'une seule voix.

— Toute absence non justifiée aux réunions sera sanctionnée par un blâme. Voyons, à présent ; pour vous, monsieur Dalton : bulletin du collège, club de bibliothèque, football, aviron. Monsieur Overstreet : club des seniors, bulletin du collège, football, club des fils d'anciens élèves. Monsieur Perry : club des seniors, club de chimie, club de mathématiques, annuaire du collège, football. Monsieur Cameron : club des seniors, club d'éloquence, aviron, club de bibliothèque, conseil d'honneur.

— Merci, monsieur, fit Cameron.

— Monsieur Anderson, au vu de vos résultats obtenus à Balincrest : football, étude de la Bible, annuaire du collège. Y a-t-il un vœu particulier que vous souhaiteriez exprimer ?

Todd resta un moment silencieux. Il tenta de balbutier une réponse mais les mots lui restaient en travers de la gorge.

— Parlez plus distinctement, monsieur Anderson.

— Je... J'aimerais... mieux... l'aviron..., monsieur, fit Todd d'une voix à peine audible.

Nolan observa longuement le jeune garçon qui se mit à trembler comme une feuille. On n'entendit plus dans la pièce feutrée que les halètements du setter.

— L'aviron ? Il a dit l'aviron ? Mais je vois ici que vous faisiez du football à Balincrest.

— C'est... C'est vrai..., mais...

Dans son dos, il serrait si fort ses mains moites que le sang en quittait les articulations. Rendu plus nerveux encore par le regard étonné que posaient sur lui ses nouveaux condisciples, Todd contenait à grand-peine un flot de larmes.

— Vous allez adorer notre équipe de football, Anderson, décréta Mr. Nolan. C'est bon, jeunes gens. Vous pouvez disposer.

Le petit groupe quitta le bureau du doyen à la queue leu leu. Le visage de Todd était plus blanc que son col de chemise. A la porte, Hager appelait déjà les cinq suivants.

Sur le chemin du dortoir, Neil Perry s'approcha de Todd, qui marchait seul, et lui tendit la main.

— Je crois que nous allons partager la même chambre, dit-il. Mon nom est Neil Perry.

— Todd Anderson.

Les deux garçons firent quelques pas en silence.

— Pourquoi as-tu quitté Balincrest ? s'enquit enfin Neil.

— Mon frère a fait ses études ici, dit Todd en guise d'explication.

Neil hocha la tête.

— Oh, tu es cet Anderson-là...

L'adolescent haussa les épaules.

— Mes parents ont toujours voulu que je vienne ici, mais mes notes n'étaient pas assez « convaincantes ». Alors ils m'ont envoyé à Balincrest pour une « mise à niveau ».

— Tu as décroché la timbale, fit Neil en éclatant dc rire. N'espère pas trop te plaire ici.

— Je ne m'y plais déjà pas.

En pénétrant dans le grand vestibule du dortoir, ils furent happés par un tohu-bohu d'élèves qui allaient en tous sens, les bras chargés de valises et de sacs, de traversins et de couvertures, de livres et de disques.

A gauche de l'entrée, un employé du collège surveillait d'un œil fatigué la pile de bagages qui n'avaient pas encore été réclamés par leurs propriétaires. Neil et Todd s'arrêtèrent pour chercher leur bien. Le premier, Neil tira sa valise de l'amoncellement et, emporté par le flot, se dirigea vers la chambre qu'ils allaient désormais partager.

Richard Cameron ne tarda pas à venir l'y trouver. C'était un petit rouquin au visage moucheté de taches de rousseur qui clignait des paupières avec la régularité d'un métronome.

— Il paraît que c'est toi qui écopes du nouveau. A ce qu'on dit, c'est pas un cadeau... Oh, pardon...

Todd venait de faire son apparition dans l'embrasure de la porte.

Cameron s'empressa de déguerpir. Todd le croisa sans le regarder, posa ses valises sur le lit vacant et entreprit de ranger ses affaires dans son placard.

— Fais pas attention à Cameron, fit Neil. La dentelle, c'est pas son fort.

Apparemment tout à sa tâche, Todd se contenta de hausser les épaules.

Knox Overstreet, Charlie Dalton et Steven Meeks entrèrent à leur tour dans la chambre.

— La porte, Meeks ! fit Charlie.

— Oui, sergent, plaisanta Meeks en s'exécutant.

La porte fermée, Charlie se tourna vers ses camarades.

— Messieurs, quels sont les quatre piliers ?

— Travesti, Horreur, Décadence, Excrément ! firent-ils en chœur avant d'éclater de rire.

— Hé, Perry, lança Charlie, le bruit court que tu as bûché pendant les vacances.

— Oui, la chimie, répondit Neil en faisant la grimace. Mon père tenait à ce que je prenne de l'avance sur les cours.

— Meeks est un crack en latin, continua Charlie, je me débrouille pas mal en lettres, alors si tu es d'accord, on tient notre groupe d'études.

— D'accord, mais Cameron m'a déjà demandé de travailler avec lui. Pas d'objection à ce qu'il se joigne à nous ?

— C'est quoi, sa spécialité ? ironisa Charlie. Le fayottage ?

— C'est ton compagnon de chambre, Charlie ! s'insurgea Neil.

— Et alors ? Je n'ai pas choisi.

Todd n'avait pas cessé de défaire sa valise, leur tournant le dos à demi. Steven Meeks s'approcha de lui.

— Bonjour, on ne s'est pas encore présentés. Je m'appelle Steven Meeks.

Todd tendit une main un peu molle.

— Todd Anderson.

Knox et Charlie lui serrèrent également la main.

— Charlie Dalton.

— Knox Overstreet.

— Todd est le frère de Jeffrey Anderson.

Charlie eut un sifflement admiratif.

— Oh, oh ! Lauréat avec les félicitations du jury.

— Bienvenue à Welton, fit Meeks.

— Tu verras, ici, c'est l'enfer, continua Charlie. Sauf si tu es un petit génie dans le genre de Meeks.

— Il me flatte pour que je lui donne un coup de main en latin.

— Et en chimie, et en trigo..., ajouta Charlie.

On frappa à la porte.

— C'est ouvert, lança Neil, désinvolte.

La porte tourna sur ses gonds. Mais cette fois, il ne s'agissait pas d'un camarade de classe.

— Père, bredouilla Neil en pâlissant. Je vous croyais parti...

CHAPITRE 3

Mr. Perry entra dans la pièce d'un pas ferme. Les garçons se levèrent, presque au garde-à-vous.

— Monsieur Perry, firent-ils en chœur.

— Restez assis, jeunes gens, restez assis, dit celui-ci avec une froide cordialité. Comment va la santé ?

— Bien, monsieur. Merci.

Mr. Perry se tint en face de son fils qui ne put s'empêcher de baisser les yeux.

— Neil, j'estime que tu t'es surchargé d'activités extra-scolaires. J'en ai parlé à monsieur Nolan, qui a accepté de reporter à l'année prochaine ta participation à l'annuaire du collège.

— Mais père, protesta aussitôt Neil, je suis rédacteur-adjoint !

— Je suis navré, Neil, fit sèchement son père.

— Mais, père, ce n'est pas juste. Je...

Le regard glacial de son père lui imposa silence. Mr. Perry posa la main sur le bouton de la porte et fit signe à son fils de le précéder dans le couloir.

— Messieurs, vous voudrez bien nous excuser une minute, fit-il sur un ton poli.

Il emboîta le pas à son fils et referma la porte derrière lui. Le regard dur, il fustigea Neil d'une voix contenue.

— Je t'interdis de me contredire en public, tu m'entends ?

— Père, commença gauchement le jeune homme, je ne vous ai pas contredit. Je...

— Quand tu auras fini tes études de médecine et que tu seras à ton compte, alors tu pourras mener ta vie comme bon te semble. En attendant, tu feras ce que je te dis !

Neil baissa les yeux.

— Oui, père. Pardon.

— Tu sais ce que cela représente pour ta mère, n'est-ce pas ?

— Oui, père.

Neil resta un moment sans rien ajouter. Ses résolutions les plus fermes étaient battues en brèche par ce chantage au remords et par la peur de déclencher un conflit perdu d'avance.

— Vous me connaissez, dit-il en esquissant un pâle sourire, je veux toujours trop bien faire.

— C'est bon, mon garçon. Appelle-nous si tu as besoin de quelque chose.

Mr. Perry pressa sa main sur la nuque de son fils et s'éloigna de son pas martial. Neil le suivit du regard, le cœur plein de rage et d'amertume, se demandant s'il serait un jour capable de tenir tête à son père.

Lorsqu'il rentra dans sa chambre, il fut accueilli par le silence embarrassé de ses camarades qui hésitaient sur l'attitude à adopter.

— Pourquoi ne te laisse-t-il jamais faire ce que tu veux ? demanda finalement Charlie.

— Et pourquoi tu ne l'envoies pas bouler ? ajouta Knox. Après tout, tu n'aurais rien à perdre.

Neil s'essuya les yeux de son poing fermé.

— Bien sûr ! rétorqua-t-il. Comme vous vous envoyez bouler vos parents, hein, monsieur le futur avocat et monsieur le futur banquier !

Le coup porta. Neil arpenta la pièce en fulminant. Il arracha l'insigne obtenu pour son travail à l'annuaire de l'école et le jeta avec rage sur son bureau.

— Tu fais erreur, dit Knox en venant à lui. Je ne laisse pas mes parents me commander.

— Non ! répliqua Neil avec sarcasme. Tu te contentes de faire tout ce qu'ils te disent. Je te parie ce que tu veux que tu finiras dans le cabinet de ton père.

Il se tourna vers Charlie, vautré au pied de son lit.

— Et toi, que tu passeras tes journées à éplucher des demandes de prêt !

— C'est bon, c'est bon, convint Charlie ; ça ne me plaît pas plus qu'à toi. Je disais simplement...

— N'essaie pas de me dire comment parler à mon père quand tu t'écrases devant le tien ! coupa Neil. Compris ?

— Compris, soupira Knox. Qu'est-ce que tu comptes faire ?

— Laisser tomber l'annuaire, tiens. Je n'ai pas le choix.

— A ta place, je n'en ferais pas une maladie, intervint Meeks. Les types de l'annuaire ne sont qu'une bande de lèche-bottes.

Neil rabattit violemment le couvercle de sa valise et s'écroula sur le bord de son lit.

— Qu'est-ce que ça peut bien me faire, après tout ?

Il donna un coup de poing à son oreiller et s'étendit sur son lit, les yeux fixés au plafond.

Les autres restèrent un moment sans ouvrir la bouche, comme pour partager l'amertume de leur camarade. Charlie finit par rompre le silence.

— Je ne sais pas pour vous, mais j'aurais sacrément besoin de dérouiller ma grammaire latine. Huit heures dans ma piaule ?

— D'accord, fit Neil d'une voix blanche.

— Tu es le bienvenu si tu veux te joindre à nous, fit Charlie à l'adresse de Todd.

— Merci.

Lorsque tous eurent pris le chemin de leurs chambres respectives, Neil se leva et ramassa l'insigne qu'il avait jeté sur son bureau. A côté de lui, Todd terminait de défaire sa valise. D'entre deux chemises soigneusement pliées, il le vit sortir une photographie sous cadre de son père et de sa mère, le bras affectueusement passé sur les épaules d'un garçon plus âgé qui devait être l'illustre Jeffrey. Neil regarda attentivement la photo et remarqua que Todd se tenait légèrement à l'écart du petit groupe, avec eux et pourtant seul. Todd installa sur sa table un nécessaire de bureau en cuir.

Neil se jeta sur son matelas et s'adossa contre la tête de lit.

— Alors, qu'est-ce que tu penses de mon père ?

— Je l'échangerais bien contre le mien, murmura Todd comme s'il se parlait à lui-même.

— Qu'est-ce que tu dis ?

— Rien.

— Todd, si tu veux réussir ici, il faudra que tu apprennes à hausser la voix. Les faibles entreront peut-être dans le royaume des Cieux, mais pas à Harvard, si tu vois ce que je veux dire.

Todd hocha la tête. Neil tenait son insigne à la main.

— Le salaud ! cria-t-il soudain.

Il pressa le pouce sur la pointe de l'épingle, faisant jaillir une goutte de sang qui coula lentement vers sa paume. Todd plissa les yeux, mais Neil contempla son sang avec une étrange fascination. Il retira l'aiguille de sa chair et lança l'insigne contre le mur.

CHAPITRE 4

Vint le premier jour de classe. Les élèves de première année s'agitaient dans la salle de bains, écourtant leurs ablutions matinales et enfilant leurs vêtements à la hâte. Dans la glace, Neil les observait avec la supériorité de l'ancien. Calmement, il se pencha sur le lavabo et s'aspergea le visage d'eau froide.

— Ces bizuts vont faire dans leur froc, plaisanta-t-il.

— Je crois bien que je suis aussi nerveux qu'eux, confessa Todd.

— Te fais pas de bile. Le premier jour, c'est toujours comme ça. Mais ça passera vite. Personne ne va te manger.

Ils finirent de s'habiller et gagnèrent au petit trot le bâtiment de chimie.

— J'aurais mieux fait de me lever plus tôt ce matin, grommela Neil. Pas eu le temps d'avaler mon petit déjeuner et j'ai déjà une crampe d'estomac.

— Même chose pour moi.

Dans le laboratoire de chimie, ils retrouvèrent Knox, Charlie, Cameron, Meeks et le reste de la classe déjà installés à leur pupitre. Au premier rang, un professeur au large front dégarni et au nez chaussé de lunettes rondes distribuait d'imposants livres de classe.

— En plus des exercices que vous trouverez dans ce manuel, vous choisirez chacun trois expériences parmi la liste que voici et vous me remettrez un rapport toutes les cinq semaines. Les vingt premiers exercices correspondant au chapitre premier sont à remettre... demain.

Le nez dans son livre de chimie, Charlie Dalton écarquilla les yeux. Il échangea un regard incrédule avec Knox Overstreet et tous deux secouèrent la tête en signe d'accablement.

Peut-être par indifférence, Todd fut le seul à ne pas manifester d'émotion particulière devant la taille imposante du manuel et les consignes qui l'accompagnaient. La voix du professeur se mit à bourdonner inlassablement dans la salle de classe, plus soporifique qu'un gaz chimique, mais depuis qu'il avait mentionné les « vingt premiers exercices » les garçons ne lui prêtaient plus qu'une oreille distraite. Lorsque la cloche retentit, les élèves fermèrent prestement livres et cahiers et gagnèrent pour la plupart la classe de Mr. McAllister.

Mr. McAllister, un quinquagénaire corpulent au visage de bouledogue qui parlait le latin avec une voix de rogomme, ne perdit pas de temps en préambule. Il distribua les manuels et déclencha les hostilités sans crier gare.

— Nous allons commencer par la déclinaison

des noms. Agricola, agricolae, agricolam, agricolae, agricolae...

Il se mit à arpenter la salle d'un pas pesant tout en prononçant distinctement les mots latins que les garçons s'efforçaient de répéter après lui.

Après quarante minutes de cet exercice, Mr. McAllister s'arrêta enfin et toisa la classe du haut de son estrade.

— Messieurs, vous serez interrogés demain sur ces déclinaisons. Vous savez ce qu'il vous reste à faire.

Il se tourna face au tableau noir, ignorant superbement une vague rumeur de protestation. Mais il n'eut pas le loisir d'enchaîner sur le pensum suivant : les élèves furent sauvés par la cloche.

— Ce type est malade ! grommela Charlie. Je ne pourrai jamais apprendre tout ça par cœur pour demain.

— T'en fais pas, le rassura Meeks. Ce soir, je vous montrerai une combine infaillible. Allez, grouillez-vous, on va être en retard pour les maths.

A l'image de son principal occupant, la salle du professeur Hager était plus vétuste encore que les autres. Les lattes du parquet étaient disjointes et les figures géométriques qui décoraient les murs crépis avaient la jaunisse. Les manuels attendaient tranquillement les élèves sur le coin supérieur droit de leur pupitre.

— L'étude de la trigonométrie requiert une absolue précision, commença Hager. Quiconque me remettra un devoir en retard verra sa note finale diminuée d'un point. Je vous prie instamment de ne pas me mettre au défi sur ce point. Bien, qui peut me donner une définition du cosinus ?

Richard Cameron demanda la parole et se leva :

— Le cosinus est le sinus du complément d'un angle ou d'un cercle, récita-t-il. Si on prend un angle A, et...

Pendant près d'une heure, le professeur Hager les assomma de questions et de définitions mathématiques. Des mains se dressaient, les élèves se levaient et ânonnaient la réponse comme des machines, essuyant de sévères remontrances en cas d'erreur.

La cloche tardait à sonner. Elle fut accueillie par un soupir de soulagement.

— Pas trop tôt, souffla Todd en rassemblant ses affaires. Une minute de plus et je tournais de l'œil.

— Tu t'habitueras vite au vieux Hager, le consola Meeks. Quand tu auras pris le pli, ça ira tout seul.

— Je perds déjà pied.

Ployant sous la somme de travail qui s'amoncelait sur leurs frêles épaules, les garçons entrèrent dans la classe de littérature en traînant des pieds. Ils se délestèrent pesamment de leurs livres et s'écroulèrent à leurs pupitres.

Mr. Keating, le nouveau professeur de lettres, portait une cravate mais il avait tombé la veste. Il était assis à son bureau et regardait par la fenêtre, ne semblant pas même s'être aperçu de l'arrivée de ses élèves.

Les garçons s'installèrent et attendirent, heureux de l'opportunité qui leur était offerte de souffler un moment et de se défaire de la tension des heures précédentes. Mais comme Mr. Keating ne bougeait pas, le regard toujours fixé sur l'horizon, ils commencèrent à gigoter sur les chaises, mal à l'aise.

Mr. Keating se leva enfin, lentement, puis saisit une longue règle plate et se mit à arpenter les allées qui séparaient les rangées de tables. Il s'arrêta devant un élève et le regarda fixement.

— Pourquoi rougissez-vous ?

Il se remit à déambuler au hasard en dévisageant intensément les garçons.

— Oh, oh ! fit-il devant Todd Anderson.

— Oh, oh ! fit-il sur un autre ton en se précipitant vers Neil.

Il fit claquer à plusieurs reprises la règle contre la paume de sa main avant de regagner son estrade en quelques enjambées.

— Tendres cervelles juvéniles ! s'écria-t-il alors, ses bras écartés englobant toute la classe.

Avec une souplesse inattendue, il bondit sur son bureau.

— Ô Capitaine ! Mon Capitaine ! déclama-t-il d'une voix puissante. Qui sait d'où ce vers est tiré ? Allons, personne ?

Son regard perçant allait de l'un à l'autre des garçons. Aucune main ne se leva.

— Eh bien apprenez, troupeau ignare, que ce vers a été écrit par un certain Walt Whitman en l'honneur d'Abraham Lincoln. Dans cette classe, vous pourrez m'appeler monsieur Keating ou, si vous êtes un tantinet plus hardis, « Ô Capitaine, mon Capitaine ! »

Il sauta à bas du bureau et reprit ses allées et venues d'un pas ample.

— Afin de couper court aux rumeurs qui ne manqueront pas de circuler sur mon compte, sachez que j'ai moi aussi usé mes fonds de culotte sur ces bancs il y a quelques lustres et qu'à l'époque je ne jouissais pas encore de cette personnalité charismatique que vous avez la joie et la fortune de découvrir aujourd'hui.

« Si d'aventure il vous venait à l'idée de marcher dans mes traces, sachez que cela ne peut qu'améliorer votre note finale. Prenez votre manuel, messieurs, et suivez-moi dans la salle d'honneur.

Montrant la direction de sa règle pointée vers la porte, Keating ouvrit la marche. Les garçons se lancèrent l'un l'autre des regards déconcertés puis ramassèrent leurs livres et prirent le chemin de la salle d'honneur de Welton.

Keating en arpentait déjà le carrelage, attendant que ses élèves fussent tous rassemblés. Son regard errait sur les murs où étaient accrochées les photographies de classe remontant à la fin du XIXe siècle. Des trophées et des coupes de toutes tailles trônaient sur les étagères et derrière les panneaux vitrés.

Lorsque tous furent assis, Keating se tourna vers la classe. Il jeta un œil à la feuille d'appel.

— Monsieur... Pitts. Quel drôle de nom ! Levez-vous, monsieur Pitts.

Le grand Pitts obéit avec sa nonchalance coutumière.

— Ouvrez votre livre à la page 542, Pitts, et lisez la première strophe du poème.

Pitts tourna les pages de son livre.

— « Aux Vierges, pour qu'elles profitent du temps présent » ? demanda-t-il.

— Celui-là même, répondit Keating tandis que des gloussements se faisaient entendre.

Pitts s'éclaircit la voix :

« *Cueillez dès maintenant les roses de la vie*
Car le temps jamais ne suspend son vol
Et cette fleur qui s'épanouit aujourd'hui
Demain sera flétrie. »

Il s'arrêta.

— Cueillez dès maintenant les roses de la vie »,
répéta Keating. L'expression latine illustrant ce
thème est *carpe diem*. Quelqu'un sait ce que ça veut
dire ?

— *Carpe diem* ? dit Meeks, incollable en latin.
Profite du temps présent.

— Excellent, monsieur... ?

— Meeks.

— Profite du temps présent, répéta Keating.
Pourquoi le poète écrit-il cela ?

— Parce qu'il est pressé ? hasarda un élève, pro-
voquant de nouveaux ricanements.

— Non, messieurs ! Aucune autre suggestion ? Eh
bien, c'est parce que tous autant que nous sommes,
nous sommes condamnés à être mangés par les
vers ! s'écria Keating en fixant ses élèves. Parce que
nous sommes condamnés à ne connaître qu'un
nombre restreint de printemps, d'étés et d'au-
tomnes.

« Un jour, aussi incroyable que cela puisse paraître
à vos robustes constitutions, ce cœur qui soulève
nos poitrines cessera de battre et nous rendrons le
dernier souffle. »

Il marqua une longue pause. Le silence régnait
dans la galerie.

— Levez-vous, messieurs, et venez étudier les
visages de ces adolescents qui vous ont précédés
sur ces bancs quelque soixante ou soixante-dix ans

plus tôt. Allons, ne soyez pas timides : venez les voir.

Les garçons se levèrent et s'approchèrent des cadres fixés aux murs. Ils examinèrent avec intérêt ces visages frais et confiants qui, du fond de leur lointain passé, semblaient leur renvoyer leur regard.

— Ils ne sont pas très différents de vous, n'est-ce pas ? Les yeux emplis d'espoir et d'ambition, comme les vôtres. Ils se croient promis à de grandes destinées, comme beaucoup d'entre vous. Eh bien, jeunes gens, que sont ces sourires devenus ? Et que reste-t-il de cet espoir ?

Les garçons observaient attentivement ces instantanés surgis du passé. Keating allait et venait, pointant l'extrémité de sa règle sur les visages jaunis.

— Est-ce qu'ils n'ont pas trop attendu avant de réaliser une fraction de ce dont ils étaient capables ? A trop aduler la déesse toute-puissante de la réussite sociale, n'ont-ils pas bradé à vil prix leurs rêves d'enfance ? Dans quelles ornières, dans quelles mesquineries se sont embourbés leurs idéaux ? La plupart d'entre eux mangent aujourd'hui les pissenlits par la racine ! Mais si vous tendez bien l'oreille, messieurs, vous pourrez les entendre vous murmurer quelque chose. Allez-y, n'ayez pas peur, penchez-vous. Écoutez ! Vous entendez leur message ?

Les garçons ne firent plus un bruit, allant jusqu'à retenir leur respiration. Certains se penchèrent timidement vers les photographies.

— *Carpe diem*, murmura Keating d'une voix d'outre-tombe. Profitez du jour présent. Que vos vies soient « extraordinaires ».

Todd, Neil, Knox, Charlie, Cameron, Meeks, Pitts

et les autres s'abîmèrent dans la contemplation des photographies de leurs prédécesseurs. Mais le fil de leurs réflexions fut brutalement interrompu par la cloche.

Quelques instants plus tard, ils sortaient dans la cour de l'école, leurs livres sous le bras.

— Plutôt bizarre, marmonna Pitts.

— En tout cas, ça change, fit Neil.

— J'en ai encore la chair de poule, dit Knox.

— Vous croyez qu'on sera interrogé là-dessus ? demanda Cameron, l'air perplexe.

— Cameron ! ricana Charlie. Tu ne comprends donc jamais rien à rien ?

Cameron s'arrêta, les mains écartées.

— Quoi ? Qu'est-ce qu'il y avait à comprendre ?

Pour toute réponse, les autres le laissèrent sur place.

CHAPITRE 5

Après le déjeuner, les garçons se rassemblèrent dans le gymnase pour le cours obligatoire d'éducation physique.

— Bien, messieurs, brama le professeur, nous allons essayer de muscler ces corps avachis et freluquets. Faites-moi le tour du gymnase. Arrêtez-vous après chaque tour et prenez votre pouls. Si vous ne le trouvez pas, venez me voir. Allez, et que ça saute ! conclut-il en leur donnant le signal du départ d'un claquement de mains.

Le groupe se mit lentement en branle. Ricanant dans sa barbe, le professeur alla s'adosser au mur pour houspiller tout à loisir les coureurs.

— Un peu de nerf, Hastings. Faudra me perdre un peu de cette graisse. Vérifiez votre pouls. Belle foulée, Overstreet, lança-t-il.

Knox sourit et agita la main en passant devant le professeur.

Ils crurent mourir d'épuisement avant la fin de la séance. La classe s'était peu à peu étirée sur tout le pourtour du gymnase et certains commençaient à traîner la jambe et s'arrêtaient de plus en plus longuement pour compter leurs battements de cœur, sous les exhortations railleuses du professeur qui finit malgré tout par les envoyer à la douche.

— Je suis mort ! s'exclama Pitts sous le jet d'eau brûlante. Ce type s'est trompé de vocation ; il aurait dû faire adjudant-chef.

— Allons, Pitts, c'est bon pour ta santé, rigola Cameron.

— Facile à dire, rétorqua Pitts. Tu ne courais pas, tu te promenais. Moi, je l'ai eu sur le dos pendant une heure !

Pitts se tourna face contre le mur en voyant arriver le professeur de gymnastique qui arpenta la salle des douches comme pour en superviser les activités.

— Qui est d'accord pour une étude du soir ? lança Meeks sous sa douche. Juste après le dîner.

— D'accord, j'en suis ! répondirent plusieurs voix.

— Harrison, ramassez-moi ce savon, ordonna le professeur. Vous, là, assez lambiné ! Allez vous sécher.

— Désolé, Meeks, je ne peux pas ce soir, fit Knox. Tel que vous me voyez, je sors dîner chez les Danburry.

— Qui c'est ça, les Danburry ? demanda Pitts.

— Des grosses légumes, fit Cameron avec un sifflement envieux. Comment t'as dégotté cette invitation ?

Knox haussa les épaules.

— Des amis de mon père ; probablement des centenaires séniles et raseurs.

40

— Ne râle pas, dit Neil ; ça vaut toujours mieux que les OVNI qu'on nous sert ici.

— C'est quoi, les OVNI ? demanda Todd, auquel le jargon de Welton était encore peu familier.

— Orgie de Viande Non Identifiée, lui fut-il répondu.

Une fois habillés, les garçons fourraient à la diable leurs affaires de gymnastique dans leurs casiers et sortaient. Assis sur un banc, Todd enfilait lentement ses chaussettes.

— A quoi penses-tu ? demanda Neil en venant s'asseoir à côté de lui.

— A rien.

— Tu veux venir étudier avec nous ce soir ?

— Merci, mais... Je préfère bosser ma géographie.

— Comme tu voudras. Tu peux toujours changer d'avis.

Neil prit son paquet de livres sous le bras et quitta le vestiaire. Machinalement, Todd le suivit des yeux puis son regard sembla se perdre dans le vide. Il laça ses chaussures, ramassa ses livres et prit la direction du dortoir.

Un calme inhabituel régnait sur le collège. Sous la brise, les feuilles remuaient et murmuraient, l'eau sur le lac frémissait. Le jeune garçon fit halte devant la chapelle, ébloui par la façade rougeoyante. A l'horizon, le soleil couchant disparaissait derrière la rangée d'arbres qui marquait la limite du campus, et lançait en éventail ses derniers rayons à travers le filtre oscillant du feuillage, comme à l'église lorsque Todd s'amusait à plisser les paupières en fixant la flamme des cierges.

— L'univers est si grand, murmura Todd, et Welton si étriqué.

Sur le chemin du dortoir, il croisa plusieurs garçons avec qui il échangea un sourire timide. Une fois dans sa chambre, la porte vite refermée, il posa ses livres sur sa table et poussa un long soupir avant de s'asseoir. Ses doigts jouèrent un moment sur la tranche de ses livres de classe.

— Je ne viendrai jamais à bout de tout ce travail, dit-il.

Il ouvrit son manuel de géographie, prit un cahier et resta en arrêt devant la première page blanche. En grosses lettres capitales, il inscrivit sur toute la largeur :

PROFITE DU JOUR PRÉSENT

— Profiter du jour présent ? C'est bien joli, mais comment ?

Avec un nouveau soupir de lassitude, il arracha la page, en fit une boule de papier entre ses mains et la jeta dans la corbeille. Puis, résigné, il se plongea dans son livre de géographie.

— Prêt, Overstreet ? s'enquit le professeur Hager en entrant dans la salle d'honneur où Knox Overstreet contemplait à nouveau les photographies des anciens élèves de Welton.

— Prêt pour le sacrifice, répondit l'adolescent en suivant Hager jusqu'à la vieille limousine de l'école, garée devant le perron.

Par la vitre baissée, l'adolescent respirait les émanations vivifiantes de la terre noire et humide.

La tiédeur de l'air était encore accentuée par les teintes fauves et ambrées de l'automne.

— C'est beau quand les arbres changent de couleurs, hein, m'sieur Hager ?

— Quoi ? Oh, les couleurs... Oui, oui.

Quelques minutes plus tard, Hager immobilisait la voiture devant l'imposante maison de style colonial où demeurait la famille Danburry.

— Merci pour la promenade, m'sieur Hager, sourit Knox. Les Danburry ont dit qu'ils me ramèneraient au campus.

— Vingt et une heures au plus tard, entendu ?

— Comptez sur moi, m'sieur.

Tandis que les pneus de la lourde guimbarde crissaient sur le gravier, l'adolescent, la mort dans l'âme, gravit les trois marches menant à la porte de la grande bâtisse. Il actionna le carillon et adressa un dernier signe de la main au professeur Hager tout en réajustant distraitement son nœud de cravate.

La porte s'ouvrit et Knox resta sans voix, bouche bée. Blonde comme un ange, une adorable jeune fille venait d'apparaître dans l'embrasure. Elle devait être à peine plus âgée que lui et portait une ravissante jupette de tennis qui mettait en valeur ses cuisses fuselées et aussi dorées que ses cheveux.

— Bonsoir, dit-elle d'une voix chantante.

Ses yeux bleus semblaient lui sourire. Knox était pétrifié.

— Euh... Bonsoir, finit-il par balbutier.

— Tu veux voir Chet ?

Il ne répondit pas, continuant de la dévorer des yeux, ému par la grâce et par les fermes rondeurs de sa silhouette.

— Chet ? répéta-t-elle en riant. Tu viens voir Chet ?

— Madame Danburry ?

A ce moment, une dame d'un certain âge passa la tête dans l'entrebâillement de la porte. La jeune fille pouffa de rire et s'envola vers l'escalier.

— Entrez, Knox, fit Mrs. Danburry, nous vous attendions !

Knox entra dans le vestibule, mais ses yeux restaient rivés sur les jambes nues et la jupette blanche qui grimpaient les marches quatre à quatre.

Mrs. Danburry le précéda dans une vaste bibliothèque aux murs lambrissés de bois sombre. Enfoncé dans un fauteuil de cuir au coin de la cheminée, un homme d'une quarantaine d'années en costume strict mais élégant lisait le journal tout en tirant sur sa pipe.

— Joe, appela Mrs. Danburry. Knox est arrivé.

Délaissant sa lecture, Mr. Danburry se fendit d'un large sourire et vint au-devant du jeune homme en allongeant une main chaleureuse.

— Heureux de te rencontrer, Knox. Comment vas-tu ?

— Enchanté, répondit l'adolescent dont les pensées s'étaient enfuies à la suite de la jeune fille.

— Tu es le portrait tout craché de ton père. Que devient-il, le vieux bougre ?

Mr. Danburry servit et tendit à Knox un verre de jus de fruit.

— Bien. Il vient de remporter un procès important pour General Motors.

— Excellent. Mon petit doigt me dit que ta carrière est toute tracée : tel père, tel fils, pas vrai ?

Joe partit d'un grand éclat de rire, aussi bref que

sonore. Knox, de son côté, se contenta d'un sourire poli.

— Tu as fait la connaissance de notre fille Virginia ?

— Oh, c'était votre fille ? dit Knox, soudain plus intéressé.

Il montrait du doigt l'escalier.

— Virginia ? Viens dire bonjour ! appela Mrs. Danburry.

Une jeune fille d'une quinzaine d'années, d'une beauté un peu fade, se leva de derrière un divan, dans un coin de la pièce. Des livres et des cahiers remplis d'une écriture appliquée étaient éparpillés par terre autour d'elle.

— Je préfère qu'on m'appelle Ginny, dit-elle en souriant timidement. Bonjour.

— Bonjour, répondit Knox.

Mais ses yeux ne s'arrêtèrent guère sur la jeune fille : l'escalier retenait toute l'attention de Knox. Sur la dernière marche, on apercevait encore les fines chevilles de la belle inconnue. Il entendit un rire étouffé.

— Mais assieds-toi, ne reste pas debout, l'invita Mr. Danburry en désignant un confortable fauteuil de cuir. Est-ce que ton père t'a déjà raconté l'affaire que nous avons gagnée ensemble ?

— Pardon ? fit Knox d'une voix absente.

Les jambes dorées descendaient l'escalier en compagnie d'un pantalon à pinces. A mesure qu'il en découvrait l'occupant, Knox sentit se lever en lui une haine franche et cordiale pour ce beau gosse taillé comme un athlète et dont la seule démarche, jambes écartées et tête dodelinant de gauche à droite, trahissait la fatuité.

— Il ne t'a pas raconté ? répéta Mr. Danburry en riant.

— Euh, non...

Le jeune couple entra dans la pièce tandis que Mr. Danburry commençait son anecdote.

— Nous étions vraiment dans un fichu pétrin. Impasse complète. J'étais persuadé que j'allais perdre le plus gros coup de ma carrière. Et voilà que ton père vient me trouver pour me dire qu'il pourrait parvenir à un arrangement — à condition que je lui cède l'intégralité des honoraires versés par notre client ! Quel culot il a eu !

Mr. Danburry se frappa la cuisse du plat de la main.

— Tu sais ce que j'ai fait ?

— Hein ? Heu, non...

— J'ai signé des deux mains ! J'étais tellement à bout de nerfs que je lui ai offert tous mes honoraires sur un plateau !

Knox fit mine de partager l'hilarité de Mr. Danburry, mais tout en jetant des coups d'œil furtifs en direction du couple qui se tenait toujours sur le seuil.

— Papa, je peux prendre la Buick ? demanda le jeune homme.

Le visage de Mr. Danburry se rembrunit aussitôt.

— Ta voiture ne marche pas ? Et puis, où sont tes manières ? Knox, voici mon fils Chet et son amie Chris. Je vous présente Knox Overstreet.

— Nous nous sommes déjà rencontrés, dit Knox en fixant la jeune fille. Enfin, presque.

— Oui, répondit la jeune fille en souriant.

— Salut, lança Chet qui visiblement s'en souciait comme d'une réédition de *L'Être et le Néant*.

Mrs. Danburry se leva.

— Veuillez m'excuser. Je vais voir si le dîner est prêt.

— Allez, Papa, pourquoi est-ce que tu en fais toujours toute une histoire ?

— Parce que je t'ai acheté une voiture de sport et que tout d'un coup tu te mets à vouloir conduire ma voiture.

— La mère de Chris est plus rassurée quand on prend la grosse Buick. C'est pas vrai, Chris ?

Il lui décocha un sourire en coin qui fit rougir la jeune fille.

— Ça n'a aucune importance, Chet, murmura-t-elle.

— Au contraire, ça en a beaucoup. Allez, Papa...

Joe Danburry quitta la pièce. Son fils Chet lui emboîta le pas, plaidant sa cause.

— Allez, quoi, tu ne te sers pas de la Buick ce soir, alors je ne vois pas où est le problème.

Tandis que les pourparlers se poursuivaient dans le vestibule, Knox, Ginny et Chris se retrouvèrent seuls, un peu gênés, dans la bibliothèque.

— Euh... Tu vas à quelle école ? demanda Knox pour combler le silence.

— A Ridgeway High. Tu te plais à Henley Hall, Ginny ?

— Pas trop mal.

— C'est l'équivalent de Welton pour les filles, non ?

— Si on veut, répondit Knox.

— Ginny, tu vas participer à la pièce de Henley Hall ?

Elle se tourna vers Knox pour expliquer.

— Cette année, ils montent *Le Songe d'une nuit d'été.*

— Peut-être, fit Ginny en haussant les épaules.

Nouveau silence.

— Comment as-tu rencontré Chet ?

Les deux filles regardèrent Knox avec surprise.

— Enfin, je veux dire... euh...

— Chet joue dans l'équipe de football de Ridgeway High, et je suis *cheerleader.* Il était à Welton, mais il s'est planté aux examens.

Elle se tourna vers Ginny.

— Tu devrais jouer dans la pièce, Ginny. Je suis sûre que tu serais une très bonne actrice.

Ginny baissa les yeux timidement. Chet réapparut à la porte.

— Chris, ça y est, dit-il, victorieux. J'ai la voiture. On met les voiles.

— Heureuse de t'avoir rencontré, Knox, sourit Chris une dernière fois en quittant la pièce, main dans la main avec Chet. Au revoir, Ginny.

— Heureux de t'avoir rencontrée, Chris, murmura l'adolescent.

Elle disparut dans une volte-face qui fit voler sa jupette blanche. Knox resta un moment médusé.

— Autant s'asseoir en attendant le dîner, suggéra Ginny lorsqu'ils furent seuls.

Il y eut un nouveau silence embarrassé.

— Chet veut la grosse voiture uniquement pour bécoter Chris, fit-elle subitement.

Elle rougit légèrement, se demandant pourquoi elle avait dit cela. Entre les croisillons de la fenêtre, Knox vit Chris et Chet se diriger vers la Buick. Ils échangeaient un long baiser dans la nuit bleue.

Knox sentit la lame effilée de la jalousie lui trans-percer le cœur.

Deux heures plus tard, Knox rentrait en vacillant dans la salle d'études du dortoir où Neil, Cameron, Meeks, Charlie et Pitts bûchaient leurs mathéma-tiques. Sur une table du fond, Pitts et Meeks brico-laient un récepteur de radio. Knox s'écroula sur un vieux divan au cuir râpé.

— Comment s'est passé ton dîner ? demanda Charlie. Tu as l'air sous le choc. La bouffe était si mauvaise ?

— C'est terrible, geignit Knox. Affreux !

— Qu'est-ce qui t'arrive ?

— Je viens de rencontrer la plus jolie fille que j'aie jamais vue !

Neil se leva d'un bond et se jeta sur le divan.

— Tu es fou ? Qu'est-ce qu'il y a d'affreux là-dedans ?

— Elle est pratiquement fiancée à cette brute épaisse de Chet Danburry.

— Pas de veine, fit Pitts.

— Pas de veine ? C'est une tragédie, oui ! Pour-quoi faut-il qu'elle soit amoureuse d'un demeuré pareil ?

— Les filles préfèrent les demeurés, c'est bien connu, dit Meeks. Oublie-la. Sors ton livre de trigo et fais-moi plutôt le problème douze ; ça te calmera les nerfs.

— Je ne peux pas l'oublier, Meeks. Et je n'ai pas la tête à faire des maths maintenant !

— Au contraire ! Ton esprit a déjà pris la tan-gente, donc tu fais de la trigo sans le savoir !

— Meeks ! fit Cameron en secouant la tête. Celle-là est vraiment faiblarde.

— Désolé, je la trouvais plutôt marrante.

Knox se leva et fit les cent pas dans la pièce.

— Vous croyez vraiment que je devrais l'oublier ?

— Tu as le choix ?

Knox tomba à genoux devant Pitts dans la position de l'amant transi.

— Tu es mon unique amour, Pittsie, déclama-t-il. Un jour sans te voir et le monde n'a plus de sens !

Pitts le repoussa d'une bourrade et Knox se laissa choir sur une chaise.

— Allez, ça suffit pour ce soir, décréta Meeks. Gardons notre énergie pour demain.

— Au fait, où est Todd ? demanda Cameron.

— Il a dit qu'il préférait travailler sa géographie.

— Allez, Knox, conclut Cameron. Tu n'en mourras pas. Et puis qui sait ? Tu trouveras peut-être même un moyen de gagner son cœur. Rappelle-toi, cueillez dès maintenant les roses de la vie !

Knox sourit puis suivit ses camarades vers le dortoir, tout en rêvant au doux visage de la belle Chris.

Le lundi matin, la classe trouva Mr. Keating en train de se balancer sur une chaise derrière son bureau. Il semblait plongé dans ses pensées.

— Messieurs, dit-il lorsque la cloche eut sonné le début du cours, ouvrez votre recueil de textes à la page vingt et un de l'introduction. Mr. Perry, veuillez lire à voix haute et intelligible le premier paragraphe de la préface intitulée « Comprendre la poésie ».

Il y eut un bruit de pages qu'on tourne puis tous écoutèrent la lecture de Neil.

— « Comprendre la poésie », par le professeur J. Evans Pritchard, docteur ès lettres. « Pour bien comprendre la poésie, il faut d'abord se familiariser avec la métrique, le rythme et les figures de style. Il faut ensuite se poser deux questions. Premièrement, le thème du poème a-t-il été traité avec art ? Deuxièmement : quelle est l'importance et l'intérêt de ce thème ? La première question évalue la perfection formelle du poème ; la seconde son intérêt. Quand on aura répondu à ces deux questions, il deviendra relativement aisé de déterminer la qualité globale du poème. Si on note la perfection du poème sur la ligne horizontale d'un graphique et son importance sur la verticale, l'aire ainsi obtenue par le poème nous donne la mesure de sa valeur. Ainsi, un sonnet de Byron pourra obtenir une note élevée sur la verticale, mais une note médiocre sur l'horizontale. Un sonnet de Shakespeare, en revanche, se verra décerner une note très haute aussi bien sur la verticale que sur l'horizontale, couvrant alors une large surface qui démontrera la haute qualité de l'œuvre en question... »

Pendant que Neil lisait, Mr. Keating, une craie à la main, s'était approché sans bruit du tableau noir où, illustrant le propos de Mr. Pritchard, il s'était mis à tracer un graphique en joignant abscisses et ordonnées pour montrer comment le poème de Shakespeare recouvrait largement le sonnet de Byron. Dans la classe, plusieurs élèves recopiaient avec soin dans leur cahier le diagramme. Neil termina sa lecture :

« ... En lisant les poèmes de ce recueil, mettez en pratique cette méthode. Mieux vous saurez l'évaluer de la sorte, et mieux vous saurez comprendre et donc apprécier la poésie. »

Neil s'arrêta à la fin du paragraphe. Keating resta un moment silencieux, comme pour attendre que les élèves aient bien assimilé la leçon. Puis il s'approcha du premier rang pour faire face à la classe.

— De l'ex-cré-ment ! déclara-t-il soudain en détachant les syllabes.

Les garçons sursautèrent et le regardèrent sans comprendre.

— De l'excrément ! répéta Keating avec plus d'énergie. De l'ordure ! De la foutaise ! De la chienlit ! Voilà ce que je pense de l'essai de monsieur Pritchard ! Messieurs, je vous demande d'arracher cette page de vos livres !

Dans la classe, on échangea des regards incrédules, ne sachant quelle mouche venait de piquer le professeur.

— Allons, messieurs ! Arrachez-la, vous m'entendez ?

Les garçons restaient interdits, horrifiés à l'idée de cet acte blasphématoire. Plus hardi, Charlie finit par arracher la page de son recueil.

— Merci, monsieur Dalton, fit Keating. Allons, vous autres, un peu de courage. Vous ne rôtirez pas en enfer pour si peu ! Et pendant que vous y êtes, déchirez-moi toute l'introduction ! A la poubelle, le professeur J. E. Pritchard !

Enfin libérés par l'exemple de Charlie, les élèves

s'en donnèrent à cœur joie, arrachant à qui mieux mieux les premières pages de leur manuel et les faisant voler au-dessus de leur tête. Keating alla chercher une corbeille dans un coin pour effectuer la collecte.

Ce chahut attira l'attention du professeur de latin, Mr. McAllister, qui passait dans le couloir. Collant son visage de bouledogue contre l'ouverture vitrée de la porte, il découvrit un spectacle d'horreur et son sang ne fit qu'un tour. Ouvrant brusquement la porte, il bondit dans la classe.

— Qu'est-ce que c'est que ce raffut ? tonna-t-il.

Brutalement rappelée à l'ordre, la classe se figea. Mais Mr. McAllister aperçut alors Mr. Keating, une corbeille pleine à la main.

— Oh, je vous prie de m'excuser, j'ignorais que vous étiez ici, monsieur Keating.

— Vous voyez, j'y suis, répondit ce dernier avec un sourire imperturbable.

Perplexe, Mr. McAllister tourna les talons et referma doucement la porte.

Keating regagna son estrade et posa la corbeille à terre. D'un bond, il y sauta à pieds joints, déclenchant un nouvel accès d'hilarité. Les yeux de Keating brillaient. Il piétina les pages froissées puis, d'un coup de pied, envoya la poubelle dans un coin.

— Nous sommes engagés dans une bataille, messieurs ! Que dis-je, une bataille ? C'est la guerre ! Jeunes âmes parvenues à un stade crucial de leur développement, ou bien vous serez broyées, laminées par le rouleau compresseur de l'académisme, et le fruit périra avant même d'avoir éclos, ou vous triompherez et pourrez alors épanouir votre individualité.

« N'ayez aucune crainte, vous apprendrez ce que cette école exige que vous sachiez ; mais, si j'accomplis toute ma tâche, vous apprendrez bien plus encore. Par exemple, vous découvrirez le plaisir des mots ; parce que, en dépit de tout ce qu'on a pu vous dire, les mots et les idées ont le pouvoir de changer le monde. »

Keating se remit à arpenter la pièce.

— Je vois dans l'œil de monsieur Pitts que la littérature du XIXe siècle, c'est peut-être bien joli, mais ça n'est d'aucune utilité pour la médecine ou le commerce. Il pense que nous devrions nous borner à étudier notre Pritchard, ânonner les règles de la métrique et garder notre énergie pour d'autres ambitions plus terre à terre.

Keating s'accroupit au centre de l'allée.

— Approchez, messieurs, j'ai un secret à vous confier.

Les élèves de la rangée extérieure se levèrent et se penchèrent au-dessus de leurs camarades pour former un cercle autour de leur professeur. Lorsque tous furent tendus par l'attente, Keating prit la parole, à voix basse, sur le ton de la confidence.

— On écrit et on lit de la poésie non pas parce que c'est joli, mais parce qu'on fait partie de l'humanité. On écrit et on lit de la poésie parce que les hommes sont des êtres de passion. La médecine, le droit, le commerce, sont de nobles activités, toutes nécessaires à nous maintenir en vie. Mais la poésie, l'amour, la beauté, l'aventure ? Voilà notre raison de vivre. Pour citer Whitman :

> *Ô moi ! Ô vie ! Toutes ces questions*
> *Qui m'assaillent*

Ces cortèges sans fin d'incroyants
Ces villes peuplées de sots
Qu'y a-t-il de bon dans tout cela, ô moi ? ô vie ?
Réponse
Que tu es ici — que la vie existe, et l'identité,
Que le prodigieux spectacle continue,
Et que, peut-être, tu y contribues par ta rime.

Keating se tut. La classe resta silencieuse, intério-
risant le poème. Keating répéta alors, d'une voix
inspirée :
« Que le prodigieux spectacle continue
Et que, peut-être, tu y contribues par ta rime. »
Tous les regards étaient rivés sur son visage.
— Quelle sera votre rime ? demanda-t-il alors en
les fixant tour à tour. Hein, messieurs, quelle sera
votre rime ?
Un silence suivit ; la question planait dans la salle
et se répercutait à l'infini dans le cœur des adolescents.

CHAPITRE 6

McAllister tira une chaise et s'assit à côté de
Keating à la grande table des professeurs.

— Vous permettez ? fit-il en prenant place.

— Je vous en prie, lui répondit Keating.

La salle résonnait sous le cliquetis des couverts
et le tintement des verres. Légèrement en contrebas,
les élèves déjeunaient autour d'une vingtaine de
longues tables en bois de chêne.

— Très intéressant, votre cours de ce matin,
commença McAllister avec une pointe de sarcasme.

— Désolé si je vous ai choqué.

— Oh, ne vous excusez pas. C'était tout à fait
passionnant, même si vous faites fausse route.

Keating haussa les sourcils.

— Fausse route ?

McAllister hocha la tête d'un air docte.

— Indiscutablement. Vous prenez un gros risque
en les encourageant à devenir des artistes. Quand
ils comprendront qu'ils ne sont ni Rembrandt, ni
Shakespeare, ni Mozart, alors ils vous en voudront.

— Vous faites erreur, George ; il ne s'agit pas d'en faire des artistes ; je veux forger des esprits libres.

McAllister fit mine d'éclater de rire.

— Des philosophes à dix-sept ans !

— C'est curieux, je ne vous aurais pas imaginé cynique, dit Keating avant d'avaler une gorgée de thé.

— Pas un cynique, mon cher, reprit le professeur de latin. Un réaliste ! Montrez-moi un cœur affranchi du vain fardeau des rêves et je vous montrerai un homme heureux !

— L'homme n'est jamais aussi libre que lorsqu'il rêve, lui répliqua Keating ; cela fut, est et restera la vérité.

McAllister fronça les sourcils sous l'effet d'un intense effort de mémoire.

— C'est du Tennyson ?

— Non... du Keating.

McAllister répondit au sourire malicieux de Keating et tous deux se mirent à manger avec appétit.

A ce moment précis, Neil Perry entra dans le réfectoire et se dirigea à grands pas vers la table où étaient réunis ses camarades de classe.

— Regardez ce que j'ai déniché ! leur souffla-t-il avec enthousiasme. C'est l'annuaire de sa dernière année à Welton.

D'un signe de tête, Neil montra leur nouveau professeur de littérature qui devisait avec McAllister. Il ouvrit l'annuaire et lut :

— Capitaine de l'équipe de football, rédacteur en chef de l'annuaire, se destine à Cambridge, tête brûlée et coureur de jupons, Cercle des Poètes Disparus.

Les autres essayèrent de s'emparer du livre, mais Neil fut plus prompt.

— Coureur de jupons ? répéta Charlie en riant. Monsieur Keating était un joyeux drille ! Un bon point pour lui.

— C'est quoi, le Cercle des Poètes Disparus ? demanda Knox.

— Il y a une photo de groupe dans le bouquin ?

— Non, aucune, répondit Neil. Ce Cercle des Poètes n'est mentionné nulle part ailleurs.

Charlie lui donna un coup de pied.

— Nolan, siffla-t-il.

A l'approche du doyen, Neil passa l'annuaire sous la table à Cameron qui, avalant une bouchée de travers, s'empressa de le refiler à Todd qui le regarda un moment sans comprendre avant de dissimuler le livre.

— Alors, monsieur Perry, tout se passe bien en classe ? s'enquit Mr. Nolan en s'arrêtant à leur table.

— Oui, monsieur.

— Et votre monsieur Keating ? Il est intéressant ?

— Oui, monsieur. Nous étions justement en train de parler de lui.

— Parfait, parfait. Nous sommes vraiment ravis de le compter parmi nous. C'est un homme très brillant, vous savez.

Les garçons approuvèrent poliment de la tête. Lorsque Mr. Nolan se fut éloigné, Todd ouvrit l'annuaire sur ses genoux et le feuilleta jusqu'à la fin du déjeuner.

— Je dois le rapporter à la bibliothèque, dit Neil en sortant de table.

— Qu'est-ce que tu vas faire ensuite ?

— Un peu de recherche sur les Poètes Disparus.

Après le dernier cours de la journée, la bande gagnait tranquillement le dortoir lorsqu'ils aperçurent Mr. Keating qui traversait le campus d'un bon pas, vêtu d'un pardessus sombre et d'une écharpe, un paquet de livres sous le bras.

— Monsieur Keating ? appela Neil. Professeur ? Ô Capitaine ! Mon Capitaine ?

A cette dernière interpellation, Keating s'arrêta net et pivota sur ses talons ; les garçons hâtèrent le pas pour le rejoindre.

— Qu'est-ce que c'était, le Cercle des Poètes Disparus ? demanda Neil.

Keating parut surpris.

— On regardait un vieil annuaire, et...

— Il ne faut jamais rougir d'avoir un esprit curieux.

Les garçons attendirent une explication, mais leur professeur n'en dit pas plus.

— Qu'est-ce que c'était ? insista Neil.

Keating regarda autour de lui comme pour s'assurer qu'aucune oreille indiscrète ne pouvait l'entendre.

— Une organisation secrète, murmura-t-il. Et si vous voulez mon avis, je doute fort que l'administration actuelle voie la chose d'un très bon œil.

Ses yeux scrutaient le campus. Les garçons retinrent leur souffle.

— Vous jurez de garder le secret ?

Ils s'empressèrent d'opiner de la tête.

— Le Cercle des Poètes Disparus était une société dont les membres se fixaient pour objectif de sucer toute la moelle de la vie. C'est par cette expression de Thoreau que nous ouvrions la séance. Nous étions une poignée à nous réunir dans la vieille grotte indienne et, chacun à notre tour, nous lisions Shelley, Thoreau, Whitman — ou nos propres vers — et, dans l'enchantement du moment, ces poètes exerçaient leur magie sur nous.

Les yeux de Keating s'animaient à cette évocation.

— Vous voulez dire que c'était juste une bande de types qui lisaient des poèmes ? s'étonna Knox.

Keating sourit.

— Les deux sexes étaient invités, monsieur Overstreet. Et croyez-moi, il ne s'agissait pas seulement de lire... Les mots étaient comme du nectar que nous faisions couler dans nos bouches avec délectation. Les femmes se pâmaient, les esprits s'élevaient... Les Dieux naissaient de nos incantations.

Les garçons restèrent muets.

— Pourquoi ce nom ? demanda encore Neil. Parce que vous lisiez des poètes anciens ?

— Toute poésie était acceptée et bienvenue, monsieur Perry. Le nom était une allusion au fait que pour faire partie du Cercle, il fallait mourir.

— Quoi ? firent les garçons en chœur.

— Les vivants n'étaient que des novices. Le statut de membre à part entière ne pouvait s'acquérir qu'après une vie d'apprentissage. Vous voyez, je n'en suis encore qu'au stade de l'initié.

Les garçons échangèrent des regards étonnés.

— La dernière réunion a eu lieu il y a quinze ans, se souvint Keating.

Après un dernier regard à la ronde, le professeur les salua et s'éloigna de son pas décidé.

— Le Cercle des Poètes Disparus, répéta Neil en le regardant disparaître.

A cet instant, la cloche du dîner retentit.

— Et si on allait faire un tour dans cette grotte ce soir ? dit Neil. Vous êtes partants ?

— On ne sait même pas où est cette grotte.

— Mais si ; c'est après la rivière. Je crois que je saurai la trouver.

— C'est à des kilomètres, se lamenta Pitts que l'idée d'un tel effort physique épuisait déjà...

— Et puis c'est la barbe ! protesta Cameron, que terrifiait davantage l'idée d'une infraction au règlement.

— Alors ne viens, pas, rétorqua Charlie.

— On risque de récolter un blâme, dit Cameron, livrant le fond de sa pensée.

— Alors ne vient pas ! répéta Charlie. Tu nous feras plaisir.

La peur d'être exclu du groupe l'emporta.

— Ce que je veux dire, c'est qu'il faut faire attention. Faudra pas se faire pincer.

— Tu sais que t'es futé, toi ? ironisa Charlie.

Au loin, la voix de Hager résonna, appelant les traînards.

— Qui en est ? demanda Neil.

— Moi ! lança aussitôt Charlie.

— Moi aussi, dit Cameron avec réticence.

Les autres hésitaient et baissèrent les yeux sous le regard insistant de Neil.

— Eh bien, j'en sais rien...

— Et puis, il y a Hager qui nous regarde.

— Allez Pitts, quoi...

— Pitts a besoin de bosser, intervint Meeks pour sa défense.

— Alors tu n'auras qu'à l'aider.

— On potasse en nocturne, maintenant ? fit Pitts.

— Dernier avertissement, brama Hager. La cloche a sonné.

Le groupe s'élança au petit trot en direction du réfectoire.

— Allez, Pitts, tu viens, décréta Neil. Meeks, tu ne vas pas non plus me dire que tu te fais du souci pour ta moyenne ?

— C'est bon, fit l'intéressé. Après tout, j'estime qu'il faut avoir tout essayé au moins une fois.

— Sauf les filles, ricana Charlie. Pas vrai. Meeks, vieux frère ?

Le visage de Meeks se colora sous les ricanements de ses camarades.

— Knox ?

— Je ne sais pas. Je ne vois pas l'intérêt.

— Allons, l'exhorta Charlie ; pense que ça t'aidera à emballer Chris.

— Ah, oui ? Comment ça ?

— Tu as entendu ce qu'a dit Keating ? Les femmes se pâmaient...

— Et pourquoi elles se pâmaient ? Charlie, réponds-moi, bon sang ! Pourquoi elles se pâmaient ?

Pour toute réponse, Charlie éclata de rire et s'engouffra dans le réfectoire, laissant Knox perplexe à la porte.

Après dîner, Neil alla trouver Todd qui travaillait paisiblement dans la salle d'études.

— Tu es convié à la réunion du Cercle ce soir, murmura-t-il à son compagnon de chambre.

Il s'était souvenu que personne n'avait songé à le prévenir de leur expédition nocturne.

— Tu ne devrais pas toujours attendre que les

autres fassent le premier pas, le gronda-t-il gentiment. Rappelle-toi qu'on ne te connaît pas ici et qu'en plus de ça, tu n'es pas très bavard.

— Merci. C'est gentil, mais allez-y sans moi.

— Pourquoi ? Quel est le problème ?

— Je... Je n'ai pas envie d'y aller, c'est tout.

— Mais pourquoi ? Tu ne comprends donc pas ce que dit Keating ? Tu n'as pas envie d'essayer ?

Neil tourna la page de son livre, voyant approcher le maître d'études qui examinait les deux garçons d'un œil soupçonneux.

— Si, murmura Todd lorsque le surveillant fut passé. Mais...

— Mais quoi, Todd ? Tu peux me le dire.

Todd baissa les yeux.

— Je ne veux pas lire.

— Quoi ?

— Keating a dit que tout le monde devait lire. Je ne veux pas.

— Toi, tu as vraiment un problème, pas vrai ? En quoi ça peut te gêner ?

— Neil, je ne peux pas t'expliquer. Je ne veux pas lire, c'est tout.

Neil rassembla ses notes avec impatience. Puis il lui vint une idée.

— Et si tu n'avais pas à lire ? Si tu te contentais d'être là et d'écouter ?

— C'est pas comme ça que ça fonctionne. Si je viens, ils voudront que je lise.

— Mais s'ils sont d'accord pour dire que tu n'y es pas obligé ?

— Il faudrait leur demander de... ? fit Todd en rougissant. Jamais je ne pourrai.

— Pourquoi pas ? fit Neil en se levant brusquement. Je reviens tout de suite.

— Neil !

Todd tenta de le retenir par la manche, mais le surveillant le cloua sur place d'un regard noir.

Neil était déjà parti. Todd plongea le nez dans son livre d'histoire et se remit à griffonner des notes sur son cahier.

CHAPITRE 7

Neil complotait à voix basse, avec Charlie et Knox, dans le couloir du dortoir. Autour d'eux, les traditionnels préparatifs du coucher battaient leur plein. En pyjamas clairs et en robes de chambre à carreaux, les garçons se croisaient sur le chemin de la salle de bains en s'apostrophant joyeusement, une trousse de toilette ou un oreiller à la main. Neil balança sa serviette sur le creux de son épaule comme pour ponctuer une décision, donna une tape sur le dos de Knox et regagna sa chambre. Comme il étendait la serviette humide sur le dossier de sa chaise, il remarqua sur sa table un livre qu'il était sûr de ne pas y avoir posé.

Un moment en arrêt, Neil s'empara du livre avec curiosité et en contempla un moment les coins mangés et la reliure fatiguée. *Anthologie de la poésie*, indiquaient sur la couverture des lettres gravées dont l'or était presque entièrement effacé. Neil la souleva avec précaution et, sur la première page, écrit à la plume à l'encre noire, il découvrit le nom de « J. Keating ». Sous la signature, Neil décrypta à voix haute : « Cercle des Poètes Disparus ; à lire au début de chaque séance. » Il s'allongea sur son lit et se mit à feuilleter le vieux volume pendant que dans le couloir le remue-ménage s'estompait progressivement. On entendit bientôt claquer la dernière porte et ce fut l'extinction des feux.

Peu après, les pantoufles du vieux Hager, le surveillant du dortoir, glissèrent sur les lattes du parquet. Comme tous les soirs, il faisait sa ronde, s'assurant que le calme régnait avant de regagner ses pénates. Neil retint son souffle lorsque les pas s'arrêtèrent un moment à hauteur de sa porte. Mais Hager reprit bientôt son chemin.

Au milieu de la nuit, lorsqu'ils furent certains que le campus était plongé dans le plus profond sommeil, les garçons descendirent à pas de loup le grand escalier, emmitouflés dans leurs manteaux et leurs gants de laine. Certains portaient des lampes de poche dont les faisceaux décrivaient des cercles lumineux à leurs pieds.

Jaillissant soudain d'un recoin, le chien de garde du collège les fit tressaillir.

Mais, heureusement pour eux, Pitts avait pensé à tout.

— Joli toutou, chuchota-t-il en gratifiant l'animal d'une poigné de biscuits.

— Riche idée que tu as eue, le félicita Neil.

Cependant, le bruit avait alerté le vieux Hager qui sortit sur le pas de sa porte, en bonnet et chemise de nuit. Il tendit l'oreille, regarda à gauche et à droite mais, ne détectant pas le moindre signe de vie, il décida de réintégrer la chaleur de ses couvertures.

Les garçons avaient abandonné le chien à son repas inespéré et couraient déjà à perdre haleine en direction de la rivière, bondissant dans les hautes herbes. Ils avaient rabattu la capuche en pointe de leurs manteaux si bien que quiconque les voyant galoper ainsi les aurait sans doute pris pour une confrérie de moines en vadrouille ou pour une poignée de lutins courant la lande. Dans leur dos se profilait la masse sombre du collège. Mais ils ne s'en souciaient guère ; leur montrant le chemin, les étoiles scintillaient au-dessus de leur tête ; l'excitation gonflait leurs cœurs et l'air froid stimulait leur courage.

Bientôt, ils laissèrent derrière eux les limites du campus et s'enfoncèrent résolument dans les ténèbres d'une forêt de grands pins dont les troncs gigantesques s'élevaient comme les piliers d'une cathédrale. Une puissante odeur de résine et d'humus leur enfla la narine. Le vent qui sifflait dans les branchages avait les accents lugubres d'un orgue, auxquels répondaient de temps à autre les ululements d'une chouette.

Lorsqu'ils eurent franchi la rivière en bondissant de pierre en pierre, ils s'écartèrent en éventail pour chercher la grotte au milieu des fourrés, des rochers et des énormes racines

— On y est presque, fit Knox.

— Ah ! Je suis le fantôme des Poètes Disparus ! cria soudain une ombre surgie de nulle part.

Meeks poussa un cri de terreur.

— C'est malin, ça, dit-il en découvrant qu'il s'agissait de Charlie.

— J'ai trouvé la grotte, annonça celui-ci. On est chez nous, les amis !

Les garçons s'engouffrèrent tous dans l'ouverture béante après avoir ramassé des brindilles et des branches pour allumer un feu. Au prix de longs efforts, les flammes finirent par prendre vie et par projeter sur les parois leurs ombres mouvantes et démesurées. Une fracture dans la voûte permettait à la fumée de s'échapper. Les garçons parlaient à voix basse, comme s'ils venaient de pénétrer dans un sanctuaire.

— Je déclare reconstitué le Cercle des Poètes Disparus de Welton, déclama enfin Neil.

L'annonce fut saluée par des cris de joie.

— Les séances seront présidées par moi-même ou par un des initiés ici présents, poursuivit Neil. Todd Anderson, qui est dispensé de lecture, tiendra les minutes de chaque réunion. Comme le veut la tradition, je vais lire à présent le manifeste écrit par un de nos distingués membres, Henry David Thoreau.

Neil ouvrit le livre que lui avait remis Keating et commença à lire.

— « Je m'en allai dans les bois parce que je voulais vivre sans hâte. Je voulais vivre intensément et sucer toute la moelle de la vie[1] ! »

— Bien dit ! l'interrompit Charlie.

— « Mettre en déroute tout ce qui n'était pas la vie, pour ne pas découvrir, à l'heure de ma mort, que je n'avais pas vécu. »

Il avait prononcé les derniers mots plus lentement, comme soudain pénétré de leur sens. Les autres s'étaient tus. L'invocation venait d'ouvrir le cercle magique.

1. H.D. THOREAU : *Walden ou la vie dans les bois* (1854).

— Novice Overstreet, à vous l'honneur, dit Neil.

Il lui tendit le recueil que Knox feuilleta un moment avant de lire :

— « Celui qui avance avec confiance dans la direction de ses rêves connaîtra un succès inattendu dans la vie ordinaire[1]. » Hourra ! s'écria Knox. Je veux connaître le succès avec Chris !

Charlie se saisit du livre.

— Knox, on dirait que tu prends ça pour une vulgaire plaisanterie, lui reprocha-t-il avant de s'éclaircir bruyamment la voix.

Il y a le sublime amour d'une jolie fille
Et l'amour d'un homme mûr et juste
Et l'amour d'un enfant sans crainte
Tous ont existé de tous temps
Mais le plus merveilleux des amours,
L'Amour de tous les amours,
Plus grand encore que l'amour pour la Mère,
C'est l'amour infini, tendre et passionné,
D'un ivrogne pour un autre.

— Auteur anonyme, conclut Charlie en riant.

Pitts reçut le livre entre les mains.

« Ci-gît ma femme ; ne la dérangez pas. Elle repose en paix... Et moi aussi ! »

Les garçons s'esclaffèrent.

— John Dryden, 1631-1700. J'ignorais que ces types avaient le sens de l'humour !

Pitts tendit le recueil à Todd qui le contempla avec effroi. Neil s'aperçut de son trouble et s'empara rapidement du volume. Charlie le lui subtilisa.

1. *Id., ibid.*

> M'enseigner l'art de l'amour ?
> Il te faudra montrer plus d'esprit :
> Car en la matière je suis érudit
> Et le Dieu de l'Amour, l'improbable Cupidon,
> Tirerait sans doute profit de mes leçons.

Cette présomption fut accueillie par des ricanements.

— Allez, les gars, soyons sérieux, fit Neil.

Ce fut au tour de Cameron.

> Nous sommes les faiseurs de musique
> Et les rêveurs de rêves
> Errant le long des brisants solitaires
> Assis au bord des ruisseaux désolés
> Pauvres hères retirés du monde
> Et sur qui brille la lune pâle :
> Et pourtant nous secouons et ébranlons
> Le monde, à l'infini, semble-t-il
> De chants sublimes et immortels
> Nous élevons les grandes cités du monde
> Et d'un récit fabuleux
> Nous forgeons la gloire d'un empire :
> Un seul homme, fort de son rêve,
> Ira sans peine reconquérir une couronne ;
> Et trois, armés d'un rythme nouveau,
> Peuvent provoquer la chute d'un empire.
> Car c'est nous, au fil des siècles,
> Dans le passé enfoui de la terre
> Qui avons bâti Ninive de nos soupirs
> Et Babel de notre seule allégresse.

— Amen, murmura une voix.

— Chut ! firent les autres.

— Poème d'Arthur O'Shaughnessy, 1844-1881.

Après un court silence, Meeks prit le livre et tourna quelques pages au hasard.

— Hé, écoutez celui-là !

> *Dans la nuit qui m'enveloppe*
> *Noire comme l'Enfer d'un pôle à l'autre*
> *Je remercie les dieux, quels qu'ils soient,*
> *De mon âme indomptable.*

— C'était de W.E. Henley, 1849-1903.

— Allez, gloussa Pitts. A qui ?

Ce fut au tour de Knox de chercher un poème à lire. Il feuilleta un long moment puis poussa un gémissement de bonheur, comme si Chris venait de se matérialiser dans la grotte.

« Combien je t'aime ? Je t'aime au plus profond de[1]... » Charlie lui arracha le livre des mains.

— On se calme, Knox !

Les autres éclatèrent de rire. L'anthologie tomba dans les mains de Neil. Les garçons se rapprochèrent autour du feu qui perdait de sa vigueur.

> *Venez mes amis*
> *Il n'est pas trop tard pour partir en quête*
> *D'un monde nouveau*
> *Car j'ai toujours le propos*
> *De voguer au-delà du soleil couchant*
> *Et si nous avons perdu cette force*
> *Qui autrefois remuait la terre et le ciel,*
> *Ce que nous sommes, nous le sommes ;*
> *Des cœurs héroïques et d'une même trempe*

1. Elizabeth BROWNING : *Sonnets from the Portuguese.*

> *Affaiblis par le temps et le destin,*
> *Mais forts par la volonté*
> *De chercher, lutter, trouver, et ne rien céder.*

— Extrait du poème *Ulysse*, de Tennyson, conclut-il.

Les garçons se turent, émus par la lecture vibrante de Neil et par le dessein ambitieux auquel les exhortait le poète.

Pitts ouvrit le livre au hasard. Avec deux morceaux de bois, il se mit à battre la mesure.

> *J'avais une religion*
> *J'avais une vision*
> *Et je vis le Congo*
> *Serpentin de moire*
> *Traversant la forêt*
> *Dans un éclair noir*[1]

Tandis que Pitts lisait, l'imagination de ses auditeurs se laissa emporter par le rythme obsédant du poème. Répétant les derniers vers en les scandant, ils se mirent à danser autour du feu et à pousser des rugissements de guerriers africains. Leur danse gagnait en intensité et en exubérance. Meeks avait ramassé une vieille boîte de conserve et battait la mesure. Le livre à la main, Pitts mena la troupe à l'extérieur de la grotte, et la folle sarabande s'enfonça dans la nuit en chantonnant :

> — Et je vis le Congo
> Serpentin de moire

1. Vachel LINDSAY : « The Congo. »

Traversant la forêt
Dans un éclair noir.

En transes, ils tournoyèrent longtemps autour des grands arbres, comme accomplissant le rite initiatique de quelque fête païenne.

Dans la grotte, les dernières lueurs du feu finirent par mourir et les ténèbres enveloppèrent les Poètes Disparus. Haletants, ils mirent fin à leur frénésie et furent aussitôt agités de tremblements, de froid mais aussi de jubilation.

— On ferait mieux de rentrer, dit finalement Charlie. N'oubliez pas que, dans quelques heures, les cours reprennent.

Ils serpentèrent à travers bois jusqu'à une clairière qui s'ouvrait sur le campus de Welton.

— Triste retour à la réalité, dit Pitts tandis qu'ils faisaient halte pour contempler les édifices d'aspect grave.

— Tu peux le dire, soupira Neil.

Ils s'élancèrent en silence vers le dortoir, silhouettes encapuchonnées parties à l'assaut de la sombre bâtisse. Ils crochetèrent le loquet qui fermait la porte de derrière et se glissèrent sur la pointe des pieds jusque dans leurs chambres.

Le lendemain matin, pendant le cours de littérature, les membres de cette folle équipée nocturne eurent toutes les peines du monde à réprimer des bâillements et des clignements de paupières. Mr. Keating, quant à lui, arpentait la salle d'un pas vigoureux.

— Un homme n'est pas très fatigué, il est épuisé ou exténué. Ne dites pas « très triste », dites...

Il claqua des doigts et désigna un élève.

— Morose ? hasarda celui-ci.

— Bravo ! fit Keating. Le langage a été inventé pour une seule et unique raison, messieurs. Laquelle ?

Il se pencha sur Todd, assis au premier rang. Mais comme celui-ci semblait l'implorer du regard, il se tourna vers Neil.

— Pour communiquer, monsieur ?

— Erreur. Pour séduire les femmes. Et, dans cette entreprise, la paresse n'est pas de mise. Pas plus d'ailleurs que dans vos dissertations.

Un éclat de rire secoua la classe. Keating ferma son livre, monta sur l'estrade et souleva une mappemonde qui couvrait en partie le tableau. Une citation écrite à la craie apparut alors, Keating lut à haute voix :

Croyances et écoles tombées en désuétude
Quels qu'en soient les risques
Je permets à la Nature de s'exprimer sans frein
Avec sa puissance originelle[1].

— Encore l'oncle Walt. Ah, mais comme il est difficile d'échapper à ces croyances et à ces écoles, conditionnés comme nous le sommes par nos parents, par nos traditions, par le rouleau compresseur du progrès. Comment dès lors exprimer nos vraies natures, comme nous y invite le père Whitman ? Comment nous défaire des préjugés, des coutumes, des influences de toutes sortes ? La réponse, jeunes

1. Walt WHITMAN : *Song of Myself.*

et tendres pousses, est qu'il faut sans cesse s'efforcer de changer de point de vue.

A la surprise des garçons qui écoutaient avec intérêt, Mr. Keating bondit soudain sur son bureau.

— Pourquoi suis-je monté ici ?

— Pour vous sentir plus grand ? avança Charlie.

— Non, mon jeune ami, vous n'y êtes pas. Je suis monté sur ce bureau pour me rappeler que nous devons constamment modifier le regard que nous portons sur le monde. Car le monde est différent vu d'ici. Vous ne me croyez pas ? Alors levez-vous et venez essayer. Allez, vous tous... Chacun son tour.

Keating descendit de son perchoir. Tous les élèves, à l'exception de Todd, se massèrent sur l'estrade et grimpèrent chacun leur tour, parfois deux ou trois à la fois, sur le bureau de leur professeur.

— Si vous avez une certitude, continua Keating tandis que certains regagnaient déjà leur place, alors obligez-vous à considérer le problème sous un angle différent, même si cela paraît idiot ou absurde. Quand vous lisez, ne vous limitez pas à ce que dit l'auteur, mais tâchez d'analyser ce que vous ressentez.

« Vous devez vous efforcer de trouver votre voie, messieurs, et plus vous tardez, moins vous avez de chances de parvenir à vos fins. Pour citer Thoreau : « La majorité des hommes mène une vie de calme désespoir[1]. » Pourquoi s'y résigner ? Partez en quête de terres nouvelles. Et maintenant, messieurs... »

Keating se dirigea vers la porte. Les élèves se tordaient le cou pour le suivre du regard. Il actionna à plusieurs reprises l'interrupteur. Les lampes du

---

1. THOREAU : *Walden ou la vie dans les bois.*

plafond se mirent à clignoter tandis que Keating imitait un roulement de tambour.

— Messieurs, en plus de vos dissertations sur la notion de romantisme chez Wordsworth, vous allez m'écrire un poème — quelque chose de votre cru — que vous lirez à voix haute devant la classe. Messieurs, à lundi !

Sur ces mots, Keating disparut... pour reparaître presque aussitôt, un sourire sardonique aux lèvres.

— Et monsieur Anderson, je sais très bien que ce devoir vous flanque une frousse bleue, espèce de taupe.

Allongeant le bras, Keating fit mine de foudroyer son élève. La classe eut un rire nerveux, un peu embarrassée pour le pauvre Todd, qui parvint à ébaucher un sourire.

Les cours finissaient tôt le vendredi, et les garçons quittèrent la salle de classe l'esprit léger, heureux de cet après-midi libre qui s'offrait à eux.

— Si on montait sur la tour de l'horloge pour bricoler cette radio, proposa Pitts à Meeks tandis qu'ils traversaient le campus. Radio Amérique !

Ils passèrent sans s'arrêter devant un groupe d'élèves qui attendaient avec impatience la distribution hebdomadaire du courrier. Sur la pelouse, on jouait au hockey. Plus loin, Mr. Nolan longeait le plan d'eau en encourageant de la voix l'équipe d'aviron de Welton.

— Souquez plus long, que diable !

Ses livres jetés dans la sacoche fixée sur sa roue arrière, Knox enfourcha sa bicyclette. Il descendit en sifflotant vers les grilles du collège puis, s'assurant d'un regard par-dessus l'épaule que nul ne lui prêtait attention, il donna un furieux coup de pédale et franchit le portail en direction de la petite ville de Welton.

Le souffle court, Knox fonçait à toutes jambes vers Ridgeway High. Lorsqu'il arriva devant le lycée, une grande animation régnait sur le parking ; l'équipe de football américain se préparait à un déplacement. Knox s'appuya contre la clôture et observa le va-et-vient incessant des lycéens autour de trois autobus aux chromes flamboyants. Après une répétition aussi hâtive que cacophonique, les membres de la fanfare, en uniforme rouge et or et shako à plumes, embarquaient à bord du premier véhicule. Le second était réservé aux joueurs. Une foule bruyante de supporters et de *cheerleaders* se massait aux portes du troisième bus. Parmi eux, Knox reconnut la tête blonde de Chris Noël.

Il la vit s'élancer à la rencontre de Chet, qui portait son casque à muselière sous le bras, et l'embrasser sur les lèvres. La silhouette déformée par ses épaulières de protection, Chet la pressa contre lui en passant un bras autour de sa taille et elle éclata d'un rire cristallin. Puis, échappant à son étreinte, elle courut grimper à bord du bus des supporters.

Le visage morne, Knox reprit lentement le chemin de Welton. Depuis le fameux soir chez les Danburry, il avait rêvé de revoir Chris Noël. Mais pas ainsi, pas dans les bras de l'ignoble Chet Danburry ! Knox se demanda s'il pourrait un jour trouver les mots qui feraient se pâmer d'aise la belle Chris.

L'après-midi touchait à sa fin. Todd était assis en tailleur sur son lit, un bloc de papier sur les genoux. Il griffonna quelques mots qu'il raya aussitôt avant d'arracher la page qu'il jeta en boule dans la corbeille. De rage et d'impuissance, il se couvrit un moment le visage des deux mains.

A ce moment précis, Neil fit irruption dans la pièce. Son visage rayonnant formait un contraste frappant avec la mine maussade de Todd.

— J'ai trouvé !

— Quoi donc ?

— Ce que je veux faire ! Ce que j'ai toujours voulu faire. Ce qui brûle en moi.

Il tendit un tract à Todd.

— *Le Songe d'une nuit d'été*, de William Shakespeare, lut ce dernier. Qu'est-ce que c'est ?

— Une pièce de théâtre, imbécile.

— Je sais bien. Mais quel rapport avec toi ?

— Ils vont la monter à Henley Hall. Tu vois : « auditions ouvertes à tous ».

— Et alors ?

— Alors je vais devenir acteur ! cria Neil en bondissant sur son lit. J'ai toujours eu envie d'essayer. L'été dernier, j'ai voulu m'inscrire à un cours d'art dramatique, mais bien sûr mon père s'y est formellement opposé.

— Et il sera d'accord aujourd'hui ? demanda Todd en fronçant les sourcils.

— Non, mais ça n'a aucune importance.

— Qu'est-ce qui est important alors ?

— Tu ne comprends donc pas ? Pour la première fois de ma vie je sais ce que je veux faire, et pour la première fois je vais foncer, avec ou sans le consentement de mon père. *Carpe diem*, Todd. *Carpe diem* !

Neil déclama quelques vers, la main tendue en

l'air, le visage tourné vers les derniers rayons de soleil qui pénétraient par la fenêtre.

— Neil, comment vas-tu jouer dans cette pièce si ton père s'y oppose ? insista Todd avec naïveté.

— Il faut d'abord que je décroche ce rôle et puis, pour le reste, on verra.

— Mais il va te massacrer si tu ne lui dis pas que tu passes une audition.

— Il n'en saura rien.

— Neil, tu sais que c'est impossible !

— Rien n'est impossible !

— Pourquoi tu ne lui demandes pas la permission ?

— Mais dans quel camp es-tu ? s'enflamma soudain Neil, irrité par ce rappel insistant à la réalité. De toute façon, je n'ai pas encore le rôle. J'ai bien le droit de rêver un peu, non ?

— Désolé, fit Todd, baissant les yeux sur son cahier.

Neil s'assit sur son lit et se mit à lire la pièce de Shakespeare qu'il venait d'emprunter à la bibliothèque.

— Au fait, il y a une réunion de Cercle ce soir, annonça Neil. Tu viens ?

— Mmoui, répondit Todd en faisant la moue.

Neil posa son livre et fixa son camarade de classe.

— Tout ce que dit Keating, tu t'en fiches royalement, pas vrai ? fit-il avec une incrédulité mêlée d'agressivité.

— Qu'est-ce que tu veux dire ?

— Faire partie du Cercle, c'est participer, agir, se sentir remué par la vie. Toi, tu m'as l'air aussi remué qu'une dalle de béton.

— Tu veux que je quitte le Cercle ? C'est ce que tu veux ?

— Non, fit aussitôt Neil, calmé. Je veux que tu restes. Mais il faut que tu te secoues. Il ne suffit pas de dire, « j'en suis ».

La colère empourpra le visage de Todd.

— Écoute, Neil, ta sollicitude me touche beaucoup, mais je ne suis pas comme toi, un point c'est tout. Quand tu parles, on t'écoute, on te suit. Je n'ai pas ce don-là !

— Pourquoi pas ? Tu pourrais l'acquérir !

— Non ! s'écria Todd. Oh, et puis je n'en sais rien. Je ne saurai sans doute jamais. De toute façon, tu n'y peux rien, alors laisse tomber, tu veux ? Je me débrouille très bien tout seul.

— Non.

— Quoi, non ? répéta Todd sans comprendre. Qu'est-ce que tu veux dire par « non » ?

— Non, je ne laisserai pas tomber.

Todd le regarda longuement.

— C'est bon, fit-il. Je viendrai.

— Bien, sourit Neil avant de se plonger dans Shakespeare.

CHAPITRE 8

Le Cercle des Poètes Disparus se réunit dans la grotte en milieu d'après-midi, avant l'entraînement de football. Todd était en retard. Pour tromper leur attente, ses camarades exploraient leur repaire dans ses moindres recoins ou gravaient leur nom dans la roche. Lorsqu'ils furent tous rassemblés, Neil déclara la séance ouverte.

— « Je m'en allai dans les bois parce que je voulais vivre sans hâte. Je voulais vivre intensément et sucer toute la moelle de la vie. »

— Bon sang ! geignit Knox. Je donnerais cher pour pouvoir sucer toute la moelle de Chris ! Je suis amoureux à en crever !

— Tu sais ce que te conseilleraient les Poètes Disparus, ricana Cameron. « Cueillez dès maintenant les roses de la vie... »

— Mais elle est à la colle avec le rejeton débile du meilleur ami de mon père ! Ça leur en boucherait un coin, ça, à tes Poètes Disparus !

Le cœur transi, Knox s'écarta de quelques pas.

— Je ne peux pas rester avec vous aujourd'hui, annonça Neil. Je vais passer une audition pour la pièce de Henley Hall. Souhaitez-moi bonne chance.

Ses condisciples s'étant exécutés de bonne grâce, Neil disparut par l'ouverture de la grotte.

— J'ai l'impression de n'avoir jamais vraiment vécu ! se lamenta Charlie quand il fut parti. Pendant toutes ces années, je n'ai jamais pris de risques. Je ne sais ni ce que je suis, ni ce que je veux. Au moins, Neil sait qu'il veut devenir acteur. Et Knox sait qu'il veut Chris.

— Il me la faut ! grommela Knox dans son coin.

— Meeks, continua Charlie, toi qui es le petit génie de la bande, que diraient les Poètes Disparus de mon cas ?

— Les Romantiques étaient des dilettantes, des aventuriers de la pensée. Ils voulaient bourlinguer sur toutes les mers avant de jeter l'ancre ; à moins qu'ils ne décident de continuer à voguer au gré du vent.

Cameron fit la grimace et cligna des paupières.

— Il n'y a pas beaucoup de place pour les dilettantes à Welton.

Tandis qu'on considérait cette dernière réflexion, Charlie se leva et se mit à tourner dans la grotte comme un fauve en cage. Soudain, il s'immobilisa et son visage s'illumina.

— Je déclare que cet endroit prendra le nom de Grotte Charles Dalton pour Dilettantisme Effréné. A l'avenir, tous ceux qui en désireront l'accès devront obtenir ma permission.

— Une minute, Charlie, objecta Pitts. Cet endroit appartient au Cercle.

— En théorie, oui. Mais c'est moi qui l'ai découvert le premier et j'en réclame la propriété exclusive.

— Encore heureux qu'il n'y ait qu'un seul Charlie Dalton dans ce groupe, soupira Meeks.

Les autres approuvèrent de la tête. La grotte était devenue leur foyer, lieu magique à l'abri des regards, soustrait à toute forme d'autorité ; un endroit où ils pouvaient être tout ce qu'ils rêvaient d'être, et laisser libre cours à leur imagination ; lieu de tous les possibles, bulle d'indépendance dans un monde régimenté, soupape aux pressions qu'exerçait sur eux l'univers clos de Welton. Le Cercle des Poètes Disparus venait de renaître de ses cendres et il voulait dévorer la vie à pleines dents.

Mais les heures s'envolaient et les garçons durent à contrecœur quitter leur repaire afin de regagner le collège à temps pour l'entraînement de football.

— Eh, regardez un peu qui est notre entraîneur ! s'exclama Pitts.

Les garçons tournèrent leurs regards dans la direction indiquée par Pitts et virent Mr. Keating arriver sur la pelouse en petites foulées. Maintenu par une lanière passée sur son épaule, un filet rempli de ballons lui battait le mollet en cadence tandis qu'il serrait sous l'autre bras un mystérieux coffret en bois.

— Bonjour, messieurs ; lequel d'entre vous a la feuille d'appel ?

Un élève la lui apporta.

— Répondez « présent », je vous prie. Chapman ?

— Présent.

— Perry ?

Aucune réponse.

— Neil Perry ?

— Chez le dentiste, répondit Charlie.

Keating eut un marmonnement dubitatif.

— Watson ?

Silence.

— Une autre rage de dent ? s'enquit Keating.

— Watson est malade, monsieur.

— Mouais. Malade mon œil. J'imagine que mon devoir serait de donner un blâme à Watson, mais dans ce cas, je devrais en donner un aussi à Perry. Et j'aime bien Perry.

Il jeta la feuille d'appel par terre.

— Messieurs, vous n'êtes pas obligés de venir si vous n'en avez pas envie. Ceux qui veulent jouer, suivez-moi.

Keating fendit le cercle d'élèves à grands pas. Sans hésiter, conquis par l'excentricité de leur professeur, les garçons le suivirent jusqu'au centre du terrain.

— Asseyez-vous, messieurs. Certains fanatiques peuvent bien affirmer que tel ou tel sport est par essence supérieur à tel autre. Pour moi, l'essentiel, dans le sport, c'est le dépassement de soi auquel il nous oblige sans cesse. C'est ainsi que Platon, pourtant si doué naturellement, a pu dire : « C'est la compétition qui a fait de moi un poète et un orateur. » Je vais remettre à chacun d'entre vous un de ces bouts de papier et vous irez vous aligner sur un rang.

Keating distribua des carrés de papier aux élèves puis courut placer une balle à une dizaine de mètres du garçon qui avait pris la tête de la file.

Mr. McAllister, qui longeait le terrain de sports en direction de la bibliothèque, entendit Keating donner ses dernières instructions. Curieux de voir quelle nouvelle facétie avait inventée son ardent collègue, il s'arrêta un moment pour observer la scène.

— Bon, maintenant, à vous de jouer ! cria Keating.

Le premier des garçons fit un pas en avant et lut à voix haute :

— « Oh, se battre contre vents et marées, affronter l'ennemi avec un cœur d'airain ! »

— C'est un cœur de carton, ça ! Faites-moi résonner l'airain !

— OH, SE BATTRE CONTRE VENTS ET MARÉES, AFFRONTER L'ENNEMI AVEC UN CŒUR D'AIRAIN !

L'adolescent s'élança alors et frappa du pied le ballon qui passa à côté de la cage de buts.

— Aucune importance, Johnson. C'est le geste qui compte.

Lorsque Keating eut placé un second ballon devant la file, il revint en arrière et bascula le couvercle de son coffret magique qui se révéla être un électrophone portatif. Il souleva le bras de l'appareil entre le pouce et l'index et posa délicatement l'aiguille sur le premier sillon. On entendit d'abord quelques crépitements puis un orchestre symphonique attaqua à plein volume l'*Hymne à la joie*.

— Du rythme, messieurs, voilà le secret ! s'époumona Keating en tombant la veste. Allez, au suivant, et donnez-vous à fond !

Knox déclama :

— « Être seul au milieu de tous et éprouver les confins de la résistance ! »

Il s'élança à son tour. Au moment de frapper la balle de toutes ses forces, il cria :

— Chet !

Ce fut ensuite au tour de Meeks.

— « Contempler l'adversité sans ciller, et la torture, et le cachot, et la vindicte populaire ! »

— « Être enfin un dieu ! » hurla Charlie avant de balancer toute son énergie dans le globe de cuir.

McAllister secoua la tête et reprit son bonhomme de chemin, un mince sourire sur les lèvres.

Les garçons continuèrent l'exercice mais la nuit tombante ne tarda pas à en marquer la fin. Todd Anderson, qui avait réussi à se cacher derrière les autres, poussa un soupir de soulagement et se mit à trotter en direction du dortoir.

— Monsieur Anderson, le rappela Keating. Ne vous en faites pas ; ce n'est que partie remise.

L'adolescent sentit le sang affluer à ses joues. Honteux, maudissant sa vulnérabilité, il courut jusqu'au bâtiment de brique rouge et claqua la porte derrière lui. Il grimpa les marches quatre à quatre, se jeta dans sa chambre et se recroquevilla sur son lit.

Lorsqu'il se redressa, le visage creusé par les larmes, ses yeux tombèrent sur le poème qu'il avait griffonné sur son brouillon. Il y ajouta un vers, puis, de rage, cassa son crayon en deux. Il arpenta un moment la pièce et finit par pousser un long soupir ; s'emparant d'un autre crayon, il se remit à la tâche, résolu à livrer bataille contre ces mots qui tourbillonnaient, insaisissables, dans le chaos de son imagination.

— Ça y est ! entendit-il Neil crier dans le couloir. J'ai le rôle ! Je vais jouer Puck !

La porte s'ouvrit en grand. Neil entra, rayonnant de joie.

— Todd, j'ai été pris ! Je suis Puck !

A ces cris, Charlie et d'autres se présentèrent sur le pas de la porte.

— Félicitations, vieux !

— Merci, les gars. On se voit plus tard, entendu ? J'ai un travail urgent.

Tout à son allégresse, Neil leur referma presque la porte au nez et sortit une vieille machine à écrire de dessous son lit.

— Neil, comment tu vas t'en sortir ? Ça va être drôlement coton...

— Chut ! Je crois que je tiens la solution. Il me faut deux lettres de permission.

— De toi ?

— De mon père et de Nolan.

— Neil, tu ne vas pas...

— Attends, laisse-moi réfléchir.

Neil se mit à taper à la machine avec deux doigts, riant tout seul.

— Cher monsieur Nolan, lisait-il d'une voix hachée à mesure que s'imprimaient les caractères, je vous écris au sujet de mon fils Neil...

Todd secoua la tête, inquiet des risques qu'encourait son ami.

Le lundi matin, devant la classe silencieuse de Mr. Keating, Knox Overstreet fut le premier à lire le poème qu'il avait composé.

à Chris

Douceur de ses yeux de saphir
Reflets de sa chevelure d'or

Mon cœur succombe à son empire
Heureux de savoir qu'elle... qu'elle respire.

Knox baissa sa feuille.

— Désolé, mon Capitaine, dit-il en regagnant piteusement son pupitre. C'est vraiment idiot.

— Non, c'est parfait, au contraire, Knox. Ce qu'il vient d'illustrer, poursuivit Keating en s'adressant à toute la classe, est d'une importance capitale : en poésie comme en toute entreprise, consacrez toute votre ardeur aux choses essentielles de la vie — l'amour, la beauté, la vérité, la justice.

Il marchait au milieu d'eux à grands pas, tournant la tête d'une rangée à l'autre, les jambes légèrement écartées comme les branches d'un compas qui prendrait la mesure de la classe.

— Et ne restreignez pas la poésie au seul langage. La poésie est présente dans la musique, dans la photographie, voire dans l'art culinaire — partout où il s'agit de percer l'opacité des choses pour en faire jaillir l'essence à nos yeux. Partout où ce qui est en jeu, c'est la révélation du monde. La poésie peut se cacher dans les objets ou les actions les plus quotidiens mais elle ne doit jamais, jamais, être ordinaire. Écrivez un poème sur la couleur du ciel, sur le sourire d'une fille si ça vous chante, mais qu'on sente dans vos vers le jour de la Création, du Jugement dernier et l'éternité. Tout m'est bon, pour peu que ce poème nous mette en joie, pour peu qu'il lève un coin de voile sur le monde et nous procure un frisson d'immortalité.

— Ô Capitaine ! Mon Capitaine ! appela Charlie. Est-ce qu'il y a de la poésie dans les maths ?

Plusieurs ricanements se firent entendre.

— Absolument, monsieur Dalton, il y a de l'élégance dans les mathématiques. Et n'oubliez pas que si tout le monde se mettait à rimailler, la planète pourrait bien mourir de faim. Mais la poésie nous est nécessaire et nous devons sans cesse nous arrêter pour la débusquer dans le plus simple des actes ; sinon, nous risquons de passer à côté de ce que la vie a de plus beau à nous offrir. Qui veut réciter son poème ? Allons, un peu de courage ! Vous n'y couperez pas de toute façon...

Keating promena ses regards sur ses élèves, mais tous se tinrent cois. Il se pencha alors sur le pupitre de Todd et sourit avec malice.

— Observez monsieur Anderson. Voyez quelle angoisse pétrit son visage ! Allez, debout, mon garçon. Et dégorgez votre âme de ses misères !

Les regards se braquèrent sur l'adolescent qui, comprenant que toute protestation serait vaine, se leva timidement et alla se placer sur l'estrade, présentant à la classe un visage de condamné à mort.

— Monsieur Anderson, avez-vous préparé un poème ?

Todd fit non de la tête.

— Monsieur Anderson est persuadé que ce qu'il détient en lui est sans valeur et méprisable. N'est-ce pas, Todd ? C'est bien là votre terreur ?

Le jeune garçon hocha nerveusement la tête.

— Alors aujourd'hui, nous allons apporter la preuve que ce que vous avez dans le ventre a au contraire une valeur inestimable.

Keating gagna le tableau noir en trois enjambées. En lettres capitales, il écrivit et lut :

JE HURLE MON YAWP BARBARE SUR TOUS LES TOITS DU MONDE. Walt Whitman.

Il se tourna vers la classe.

— Un yawp, pour ceux d'entre vous qui l'ignoreraient, c'est un cri retentissant. Todd, j'aimerais que vous nous donniez un exemple de yawp barbare.

— Un yawp ? répéta Todd avec un filet de voix presque imperceptible.

— Barbare, monsieur Anderson.

— Yawp.

Keating se précipita sur l'adolescent, le faisant sursauter.

— Allons, criez !

— Yawp !

— C'est un miaou, ça ! Plus fort !

— YAWP !

— PLUS FORT !

— AAAAHHHHHHH ! hurla Todd, exaspéré.

— Eh bien, voilà, on y est, Anderson. Il y a un barbare qui dort en vous.

Todd se détendit un peu.

— Anderson, vous voyez la photo de Whitman au-dessus du tableau ? A quoi vous fait-il penser ? Vite, sans réfléchir.

— A un fou.

— C'est bien, oui ; un fou. Quel sorte de fou ? Répondez ! Vite !

— Un... fou dément !

— Allons, un effort d'imagination ! Vous pouvez faire mieux que ça. La première chose qui vous vient à l'esprit, même si c'est absurde.

— Un fou aux dents qui suintent.

Keating applaudit.

— Voilà le poète qui parle ! Maintenant, fermez les yeux. Décrivez ce que vous voyez. Allez !

— Je... Je ferme les yeux. Son image danse au-dessus de moi...

— Le fou aux dents qui suintent, l'encouragea Keating.

— Son regard soupèse mon âme et perce mon front !

— Excellent ! Mettez-le en scène ! Du rythme !

— Ses mains se tendent vers moi, il essaie de m'étrangler...

— Oui...

— Il marmonne dans sa barbe...

— Qu'est-ce qu'il dit ?

— La vérité..., cria Todd. La vérité est comme une couverture qui nous laisse les pieds froids.

Quelques éclats de rire fusèrent dans la classe. Le visage de Todd s'empourpra.

— Oubliez-les ! l'exhorta Keating. Parlez-nous de cette couverture.

— On a beau la tirer à nous dans tous les sens, elle ne nous couvrira jamais entièrement.

— Continue !

— Secouez-la, tiraillez-la, ça ne suffira jamais...

— Ne t'arrête pas...

— Du jour où on entre dans le monde, vagissant, cria Todd, à celui où on le quitte, agonisant, on ne peut que s'en couvrir la tête et gémir, pleurer ou hurler !

Todd s'immobilisa. Un silence électrique avait figé la classe, saisie par la soudaine inspiration qui s'était emparée de leur camarade. Secouant le charme, Neil se mit lentement à applaudir ; d'autres se joignirent à lui. Gonflant la poitrine, Todd arbora pour la première fois un sourire plein de confiance.

— N'oublie jamais ce qui vient de se passer, lui glissa Keating à l'oreille.

— Merci, monsieur, répondit-il avant d'aller s'asseoir.

A la fin du cours, Neil vint féliciter son ami d'une poignée de main.

— Je savais que tu en étais capable. C'était vraiment bien. A ce soir, dans la grotte.

— Merci, Neil.

Au crépuscule, Neil rejoignit ses camarades dans la grotte près de la rivière. Il portait une vieille lampe dont l'abat-jour moucheté était tout cabossé.

— Désolé, les gars, je suis en retard, fit-il, un peu essoufflé.

Les autres membres du Cercle des Poètes Disparus étaient assis par terre en tailleur autour de Charlie qui tenait sur ses genoux un saxophone.

— Regardez ce que j'ai trouvé dans le grenier, fit Neil.

— Qu'est-ce que c'est ? demanda Meeks.

— Une lampe, gros malin, le rabroua Pitts.

Neil ôta l'abat-jour et découvrit un pied de lampe en forme de statuette peinte. Elle représentait une sorte de génie comme en décrivent les contes arabes, vêtu d'un pantalon bouffant et la tête coiffée d'un turban. Avec son rictus menaçant et son bouc noir, il faisait plutôt songer à un mauvais génie.

— Ce n'est pas une lampe, corrigea Neil en souriant. C'est le dieu de la caverne.

— Gros malin toi-même, lança Meeks à Pitts.

Neil posa la statuette par terre, ficha une bougie dans le creux taillé dans le turban et en alluma la mèche.

Charlie s'éclaircit la gorge en signe d'impatience.

— Bon, si on commençait...

Les autres se tournèrent vers lui et se turent.

— Messieurs, « Poèmusique », par Charles Dalton.

Il souffla dans son instrument tandis que ses doigts pianotaient au hasard sur les clefs. Un chapelet de notes stridentes ou ronflantes résonna dans la grotte.

— Rires, pleurs, murmures, clameurs, il faut faire plus. Oui, faire plus...

Il joua encore quelques notes sans suite, puis déclama à nouveau, avec un débit de plus en plus rapide :

— Appels surgis du néant, rêves jaillis du chaos, cris envolés, aller plus loin. Aller plus loin !

Sa voix se perdait dans les profondeurs de la grotte. Il porta à nouveau le bec du saxophone à ses lèvres et le visage sceptique de ses camarades s'éclaira soudain : de longues notes mélodieuses s'échappèrent du pavillon de son instrument, rondes ou déchirantes, et emplirent la grotte de leur plainte ondoyante, s'attardant sous la voûte avant de se perdre dans un dernier écho plein de mélancolie.

Autour de lui, les garçons attendirent que meure la note finale pour exprimer leur enthousiasme :

— Charlie, c'était génial, s'exclama Neil. Où as-tu appris à jouer ?

— Mes parents voulaient que j'apprenne la clarinette, mais je détestais ça. Le sax, c'est quand même plus... plus sonore.

Soudain, Knox se dressa, s'écarta du groupe et poussa un long cri de désespoir.

— Je n'en peux plus ! Il me faut Chris, ou je me jette au fond de la rivière !

— Knox, calme-toi.

— Non, c'est justement ça mon problème : j'ai été calme toute ma vie ! Si je continue à rester là à broyer du noir, je vais finir par en crever !

— Où vas-tu ? lui lança Neil comme il s'élançait hors de la grotte.

— Je vais l'appeler, répondit Knox en s'enfonçant dans les bois.

La séance du Cercle s'en trouva brutalement écourtée. Au pas de course, tous suivirent Knox jusque sur le campus, désireux de connaître le résultat de son initiative. Ils se retrouvèrent tous autour du téléphone mural installé dans le hall du dortoir.

— La chance sourit aux audacieux, s'enhardit Knox en décrochant le combiné du téléphone installé en bas de l'escalier du dortoir.

Les autres faisaient cercle autour de lui, l'encourageant tandis qu'il composait le numéro.

— Allô ?

En entendant la voix de Chris, Knox fut pris de panique et raccrocha aussitôt.

— Elle va me haïr ! Les Danburry vont me haïr ! Mes parents vont me hacher en morceaux !

Il regarda ses camarades, qui ne réagirent pas, comme s'ils sentaient que la décision devait venir de lui.

— Oh, et puis tant pis ! *Carpe diem* ! Même si je dois y laisser ma peau !

Il décrocha à nouveau le combiné et composa le numéro de Chris.

— Allô ?

— Allô, Chris ? ici, Knox Overstreet.

— Knox... Oh, oui, Knox. Je suis contente que tu appelles.

— Ah oui ? Vraiment ?

Il couvrit l'émetteur et annonça avec enthousiasme à ses amis :

— Elle est contente que j'appelle !

— Je voulais te parler, poursuivit Chris. Mais je n'ai pas ton numéro. Les parents de Chet s'en vont à Boston pour le week-end et Chet en profite pour inviter des tas d'amis. Est-ce que ça te dirait de venir ?

— Euh... Oui, bien sûr !

— Les parents de Chet ne sont pas au courant alors inutile d'ébruiter la nouvelle. Mais tu peux amener quelqu'un si tu veux.

— J'y serai. Chez les Danburry. Vendredi soir. Entendu. Merci, Chris.

Il raccrocha et poussa un cri de victoire.

— Vous entendez ça ? Elle allait m'appeler ! Elle m'a invité à une fête.

— Chez les Danburry ?

— Oui.

— Donc...

— Quoi ? fit Knox, sur la défensive.

— Ça veut dire que tu ne sors pas avec elle.

— Peut-être, Charlie, mais ce n'est pas ça qui compte.

— Ah bon ? Alors qu'est-ce qui compte ?

— Ce qui compte, c'est qu'elle pensait à moi !

Charlie secoua la tête, incrédule devant l'optimisme affiché par son camarade.

— Je ne l'ai rencontrée qu'une fois et déjà je suis le centre de ses pensées, continua Knox. Je le sens ; elle sera mienne !

D'un bond, il s'élança dans l'escalier, avalant les marches quatre à quatre sous le regard amusé des Poètes Disparus.

— Qui sait ? dit Charlie, Après tout, l'amour donne des ailes.

— *Carpe diem...*, conclut Neil.

CHAPITRE 9

Juché sur sa bicyclette, Neil traversa la place du village à coups de pédale énergiques, prit Vermont Road en enfilade après avoir contourné l'Hôtel de ville et dépassa quelques boutiques aux rideaux baissés avant d'atteindre enfin les bâtiments blancs de Henley Hall. Il laissa sa bicyclette devant l'entrée. A peine avait-il posé le pied dans la salle de spectacle que le metteur en scène l'interpellait :

— Dépêche-toi, Neil. On a besoin de Puck pour répéter ce passage.

Neil dévala l'allée centrale en direction de la scène, saisit au passage un bâton surmonté d'une tête de bouffon que lui tendait l'accessoiriste et commença impromptu :

— Rien que trois ? Allons, encore un
Quatre feront deux couples
La voici qui vient, maussade
Cupidon est un mauvais garnement
De rendre ainsi folles de pauvres femmes.

Puck posa un genou en terre pour mieux observer Hermia, jouée par Ginny Danburry, qui rampait sur les planches, en proie à la folie, les yeux rougis.

Le metteur en scène, un homme d'une quarantaine d'années aux favoris grisonnants, interrompit Ginny pour complimenter Neil.

— C'est bien, Neil. On a vraiment l'impression que ton Puck est conscient de tirer les ficelles de l'intrigue. Souviens-toi qu'il s'amuse beaucoup de ses manigances.

Neil hocha la tête et répéta ses derniers vers avec plus d'insolence.

— Cupidon est un mauvais garnement
  De rendre ainsi folles de pauvres femmes

— Excellent. A toi, Ginny.

Ginny rampa sur scène.

— Jamais si lasse, jamais aussi malheureuse
  Transie par la rosée et déchirée par les ronces,
  Je ne puis me traîner ni aller plus loin...

Debout au premier rang de l'orchestre, le metteur en scène fit de grands gestes en direction des coulisses pour indiquer aux figurants que c'était le moment d'apparaître.

La répétition se prolongea jusqu'en fin d'après-midi. Les jeunes comédiens s'émerveillaient de voir la pièce prendre peu à peu naissance entre leurs mains et s'attardaient pour partager leur enthousiasme ou leur trac avec le reste de la troupe. Mais le nuit tombait vite et Neil dut s'éclipser.

— A demain, salua-t-il à la ronde.

Il courut reprendre sa bicyclette, les yeux encore brillants du plaisir intense que lui procurait le fait de monter sur les planches et de donner vie à son personnage.

La petite ville dormait. Neil reprit le chemin de Welton, répétant ses répliques à tue-tête.

En approchant de Welton, il ralentit l'allure, s'assurant que le passage était libre avant de franchir les grilles. Quelques coups de pédale lui suffirent à gravir la pente douce qui menait au dortoir. Sa bicyclette remisée sous l'appentis, il s'apprêtait à entrer dans le bâtiment de brique rouge lorsqu'il aperçut dans l'ombre une silhouette adossée contre le mur.

— Todd ?

Il s'approcha de son compagnon de chambre qui était assis par terre, sans manteau malgré le froid.

— Qu'est-ce que tu fais là ?

L'adolescent ne répondit pas.

— Todd, qu'est-ce qui ne va pas ?

Neil s'accroupit à côté de son ami.

— Il fait un froid de canard, ici !

— C'est mon anniversaire, annonça Todd d'une voix blanche.

— Sans blague ? Tu aurais pu me prévenir. Bon anniversaire ! Tu as reçu un cadeau ?

Todd claqua des dents. Sans un mot, il montra du doigt un grand carton plat posé à ses pieds. Neil en souleva le couvercle et découvrit le même nécessaire de bureau qui, dans leur chambre, ornait déjà la table de travail de Todd.

— C'est le même que le tien, fit Neil. Je ne comprends pas.

— C'est tout simple : ils m'ont offert la même chose que l'an dernier ! fit le jeune garçon en éclatant en sanglots. Ils ne se sont même pas rappelé !

Neil resta un moment silencieux, partageant la détresse de son ami.

— Ils ont peut-être pensé que le premier était usé, fit-il en guise de consolation. Ils se sont peut-être dit que...

— Peut-être aussi qu'ils ne pensent à rien, sauf quand il s'agit de mon frère ! rétorqua Todd avec colère. Son anniversaire à lui, c'est toujours une grande fête.

Il baissa les yeux sur le nécessaire de bureau.

— Le plus drôle, c'est que je trouvais déjà le premier très moche !

— Todd, je crois que tu sous-estimes la valeur de ce cadeau.

— Quoi ?

— Sans blague, continua Neil, pince-sans-rire. Si j'avais besoin, deux fois, d'un nécessaire de bureau, je choisirais probablement celui-ci, les deux fois.

Todd esquissa un sourire.

— Et puis qui voudrait d'un ballon de football, d'une batte de base-ball ou d'une voiture décapotable plutôt que d'un nécessaire de bureau aussi beau que celui-là ?

Les deux garçons rirent ensemble en regardant le grand carton posé à leurs pieds. Il faisait nuit noire à présent. Neil frissonnait de froid.

— Tu sais comment mon père m'appelait quand j'étais petit ? dit soudain Todd. Trois francs six sous. Il disait que c'était tout ce que vaudraient les substances chimiques de mon corps si on pouvait les mettre en bouteilles et les vendre. Et que je ne vaudrais jamais un sou de plus si je ne consacrais pas chaque jour de ma vie à m'améliorer. Trois francs six sous...

Neil secoua la tête et poussa un soupir, comprenant mieux ce manque de confiance que son camarade traînait comme un boulet.

— Quand j'étais enfant, continua Todd, je croyais que les parents aimaient d'instinct leurs enfants. C'est ce qu'on m'enseignait à l'école, c'est ce que je lisais dans mes livres ; j'ai fini par le croire. Mais mes parents, eux, semblent réserver leur amour à mon frère aîné.

Todd se leva, inspira profondément comme pour refouler ses larmes et, sans rien ajouter de plus, alla se réfugier à l'intérieur du dortoir. Bouleversé par ces confidences, Neil resta un moment sans réagir, une épaule appuyée contre le mur de brique froid, à chercher désespérément une parole de réconfort.

— Todd..., appela-t-il faiblement, s'élançant à la poursuite de son ami.

Le lendemain après-midi, en entrant dans la salle de Mr. Keating, les élèves trouvèrent un message rédigé à la craie sur le tableau et qui les invitait à rejoindre leur professeur dans la cour intérieure du collège.

— Je me demande ce qu'il nous mijote pour aujourd'hui, dit Pitts.

Les garçons dévalèrent le couloir puis l'escalier pour aller se regrouper dans la petite cour intérieure. Dérangé par le vacarme, Mr. McAllister passa la tête à la porte de sa classe et leur décocha un regard noir.

— Messieurs, commença Keating lorsqu'ils furent tous rassemblés autour de lui, une part dangereuse de conformisme s'est infiltrée dans votre travail. Pitts, Cameron, Overstreet, approchez, je vous prie.

Les trois élèves sortirent du rang.

— Je vais compter jusqu'à trois, et vous allez faire le tour de cette cour. Ne vous inquiétez pas ; cet exercice ne sera pas noté. Allez, un, deux, trois partez.

Les garçons se mirent à marcher, en se demandant vaguement à quoi rimait cet exercice. Ils firent le tour de la cour en sens inverse des aiguilles d'une montre, revenant bientôt à leur point de départ.

— C'est ça, messieurs ; continuez, ne vous arrêtez pas.

Ils continuèrent donc leur déambulation sous le regard attentif de leur professeur et celui, plus intrigué, de leurs camarades. Peu à peu, presque insensiblement, ils se mirent à marcher dans le pas l'un de l'autre, et leurs semelles finirent par battre en mesure le pavé de la cour. Parmi leurs camarades restés sur le côté, plusieurs se mirent à frapper des mains une cadence militaire.

— Et voilà, ça y est..., triompha alors Keating. Vous entendez ? Une, deux, une, deux, une, deux, une, deux... On s'amuse comme des fous, dans la classe de m'sieur Keating ! chantonna-t-il.

Occupé à corriger des copies dans sa salle de classe, Mr. McAllister s'irrita bientôt de ce chahut. Repoussant son siège, il alla jusqu'à la fenêtre pour en déterminer la cause. Les trois marcheurs arpentaient la cour d'un pas martial, levant le mollet et claquant du talon, encouragés par les battements de mains de la classe.

Le doyen Nolan, qui rédigeait son courrier dans

l'atmosphère feutrée de son bureau, eut lui aussi l'oreille attirée par ce remue-ménage singulier. Délaissant son travail, il se dirigea vers la fenêtre et contempla avec étonnement cette mascarade de parade militaire. Ses sourcils se froncèrent.

— Mais qu'est-ce que c'est que ce cirque ? grommela-t-il entre ses dents.

A son grand désarroi, il était trop loin pour saisir clairement les propos de Mr. Keating.

— C'est bon, arrêtez, dit Mr. Keating. Vous avez sans doute remarqué qu'au début, messieurs Overstreet, Pitts et Cameron sont partis chacun à leur allure. De longues et lentes enjambées pour Pitts qui sait que ses grandes jambes le porteront bien au but, un trottinement menu et inquiet pour Cameron qui craint à chaque pas de voir chuter sa moyenne ; quant à monsieur Overstreet, il avançait comme poussé par une force virile. Mais vous avez remarqué aussi qu'ils n'ont pas tardé à se mettre au pas. Et nos battements de mains n'ont fait que les y encourager.

« Cette expérience fort instructive avait pour but d'illustrer la force du conformisme et la difficulté de défendre vos convictions face aux autres. Et dans le cas où certains d'entre vous, je le lis dans leurs yeux, s'imaginent qu'ils auraient continué leur petit bonhomme de chemin sans sourciller, qu'ils se demandent pourquoi ils se sont mis à battre des mains ainsi. Messieurs, nous portons tous en nous ce désir d'être accepté ; mais tâchez d'encourager ce que vous portez d'unique ou de différent, même si vous devez pour cela vous faire taxer d'excentricité. Je cite Frost : "Deux routes se sont offertes à moi ; j'ai choisi la moins fréquentée et cela a fait toute la différence."

« Bien, à présent, je veux que vous trouviez votre propre cadence, votre propre façon de marcher. Je ne vous demande pas de faire les clowns, mais de prendre conscience de votre individualité. Allez-y, le pavé est à vous ! »

Adoptant des démarches plus ou moins loufoques, les garçons envahirent la cour en tous sens à l'exception de Charlie qui resta adossé à un pilier.

— Monsieur Dalton, vous ne jouez pas avec nous ?

— Je fais valoir mon droit à l'immobilité.

— Merci, monsieur Dalton. Clair, succinct ; vous nagez à contre-courant.

Mr. Nolan s'écarta de la fenêtre, le front soucieux.

— Où tout cela va-t-il nous mener ? grommela-t-il en se caressant le menton.

A quelques fenêtres de distance, Mr. McAllister rejeta d'un haussement d'épaules amusé les pitreries de son collègue et retourna à ses corrections.

— Rendez-vous ce soir à la grotte, souffla Cameron à Neil tandis qu'ils gagnaient le cours suivant.

— Quelle heure ?

— Sept heures et demie.

— Je fais passer le message.

Le soir tomba vite, Todd, Neil, Cameron, Pitts et Meeks se retrouvèrent bientôt autour d'un feu de camp dans la grotte, tendant leurs mains gelées vers les flammes. Dehors, un brouillard épais étouffait la forêt et les arbres se balançaient lentement au gré d'une brise légère.

— C'est lugubre, ce soir, fit Meeks en rentrant la tête dans les épaules. Où est Knox ?

— Il se fait beau pour la fête chez les Danburry...

— Et Charlie ? demanda Cameron. C'est lui qui a insisté pour qu'on se réunisse ce soir.

Les autres ne répondirent que par un haussement d'épaules. Neil décida d'ouvrir la séance sans plus attendre.

— « Je m'en allai dans les bois parce que je voulais vivre sans hâte... Vivre intensément et sucer toute la moelle de la vie... »

Les yeux de Neil quittèrent soudain la page pour se tourner vers l'ouverture de la grotte. Tous avaient entendu un bruissement dans la forêt, et il ne s'agissait pas du vent. Curieusement, ils avaient cru entendre des rires étouffés.

Une voix féminine résonna soudain au seuil de leur repaire.

— Oh la la ! c'qu'y fait noir là-dedans.

— C'est par là, lui répondit la voix de Charlie. On y est presque.

Les visages des garçons rougeoyèrent sous les flammes tandis qu'ils se penchaient pour mieux voir les deux filles qui s'avançaient vers eux en compagnie de Charlie. Pitts se dressa d'un bond et manqua se fracasser le crâne contre la voûte.

— Salut, les gars, dit Charlie, un bras passé sur les épaules d'une jolie blonde. Je vous présente Gloria et...

Il hésita et se tourna vers une fille un peu boulotte, aux cheveux noirs et aux yeux verts.

— Tina, répondit-elle avant de coller une canette de bière à ses lèvres.

— Tina et Gloria, répéta joyeusement Charlie. Je vous présente les membres du Cercle des Poètes Disparus.

— Quel drôle de nom ! s'écria Gloria. Qu'est-ce que ça veut dire ?

— C'est un secret, répondit Charlie.

— C'qu'il est chou, roucoula Gloria en l'étreignant.

Les garçons se sentaient intimidés par ces deux créatures exotiques qui venaient de violer leur sanctuaire. Elles étaient visiblement plus âgées — vingt ans ou même un peu plus. Tous se posaient la même question : où Charlie avait-il bien pu les ramasser ?

— Messieurs, dit Charlie en passant une main sur la taille de Gloria, sous le regard ahuri de ses camarades, j'ai une annonce à faire. Fidèle à l'esprit novateur qui anime les Poètes Disparus, je ne répondrai plus au nom de Charlie Dalton. Désormais, appelez-moi Nuwanda !

Les filles trouvèrent cela très drôle.

— Alors il n'y a plus de Charlie ? demanda Gloria. Mais qu'est-ce que ça veut dire, Numama ?

— Nuwanda, corrigea-t-il. Et ça ne veut rien dire ; je viens de l'inventer.

— J'ai froid, dit encore Gloria.

— Sortons chercher du bois, dit Neil, en faisant un signe à ses comparses...

Meeks, Pitts et les autres quittèrent la grotte. Charlie se baissa, ramassa un peu de boue sur l'extrémité de ses doigts et, tel un guerrier apache, dessina deux traînées sombres sur ses joues. Le menton provocant, il adressa à Gloria un regard brûlant avant de disparaître à son tour par l'ouverture de la grotte. Restées seules, les deux filles pouffèrent de rire.

Tandis que les membres du Cercle des Poètes Disparus s'enfonçaient dans les bois à la recherche de bois mort, Knox Overstreet pédalait en direction de la maison des Danburry. Il abandonna sa bicyclette dans les fourrés qui bordaient la riche demeure et ôta son manteau qu'il fourra dans la sacoche arrière. Son nœud de cravate ajusté, il grimpa d'un bond les quelques marches du perron et frappa à la porte. De la musique lui parvenait, à peine étouffée, mais personne ne vint lui ouvrir. Il frappa à nouveau, plus fort, puis actionna le bouton de porte et entra.

La fête battait son plein. Un grand rouquin et une fille en socquettes blanches se bécotaient sur le divan du vestibule. D'autres couples étaient installés sur les fauteuils, les sofas ou même sur les tapis, apparemment coupés du monde extérieur. Knox restait debout sur le seuil, ne sachant quel parti prendre. Chris jaillit soudain de la cuisine, ses cheveux blonds en bataille.

— Chris ! appela-t-il.

— Oh, bonjour, répondit la jeune fille, désinvolte. Contente de te voir. Tu es venu seul ?

— Oui.

— Ginny doit être dans les parages. Tu n'as qu'à la chercher.

La jeune fille s'éloigna.

— Mais Chris..., essaya-t-il de la retenir.

— Chet m'attend. Fais comme chez toi.

Les épaules de Knox s'affaissèrent. Il enjamba les couples vautrés par terre et chercha du regard Ginny.

— Tu parles d'une fête, maugréa-t-il.

Au même moment, les Poètes Disparus tâtonnaient dans l'obscurité en affectant de faire provision de bois mort.

— Charlie..., souffla Neil.

— Appelle-moi Nuwanda.

— Nuwanda, reprit patiemment Neil. Qu'est-ce c'est que cette histoire ?

— Quoi ? Ça vous gêne qu'on amène des filles ici ?

— Non, bien sûr que non, intervint Pitts. Mais tu aurais pu nous prévenir.

— Rien de tel que la spontanéité, murmura Charlie. Après tout, c'est un peu notre règle de vie, non ?

— Où tu les as ramassées ?

— Elles se baladaient le long du terrain de foot. Elles m'ont dit que Welton les intriguait, alors je les ai invitées à notre réunion.

— Elles sont à Henley Hall ?

— Elles ne vont plus au lycée.

— Sans blague ! fit Cameron, écarquillant les yeux.

— Qu'est-ce que t'as, Cameron ? le rabroua Charlie. Tu te comportes comme si elles étaient ta mère. Elles te font peur ou quoi ?

— Non, elles ne me font pas peur ! Mais si on se fait pincer avec elles, on est cuits.

— Eh, qu'est-ce que vous fabriquez ? appela Gloria depuis l'entrée de la grotte.

— On arrive, répondit Charlie. Une minute.

Charlie se tourna vers Cameron et murmura sur un ton menaçant :

— Si tu la fermes, minus, on ne risque rien.

— Comment tu m'as appelé, Dalton ?

— Oh, du calme, tous les deux !

— Pas Dalton, Nuwanda! lança encore Charlie avant de reprendre le chemin de la grotte.

Les autres lui emboîtèrent le pas, laissant Cameron bouillant de rage. Il les suivit un moment du regard puis s'élança sur leurs pas.

Ils jetèrent dans les flammes les branches et les brindilles qu'ils avaient ramassées et tous s'assirent autour du feu qui crépita avec une nouvelle vigueur.

— Je me demande comment Knox se débrouille, dit Pitts, rigolant.

— Le pauvre, soupira Neil. J'ai l'impression qu'il courait au-devant d'une cruelle déception.

La mine longue, Knox déambulait dans la vaste demeure des Danburry. Il finit par atterrir dans la cuisine. Plusieurs adolescents étaient plongés dans une conversation animée, un couple s'embrassait avec passion. Knox s'efforça de ne pas regarder la main du garçon qui, chaque fois repoussée, s'obstinait à remonter sous la jupe de la fille. Dans un coin, il aperçut Ginny Danburry avec qui il échangea un sourire embarrassé.

— T'es le frangin à Mutt Sanders? lui aboya soudain à l'oreille un type taillé comme un joueur de football américain.

— Euh... Non.

— Hé, Bubba!

L'armoire à glace sortit de sa torpeur un type du même gabarit qui somnolait debout, le front appuyé contre le réfrigérateur.

— Ce type ressemble comme deux gouttes d'eau à Mutt Sanders, pas vrai?

— T'es son frangin? grasseya le dénommé Bubba.

— Aucun lien de parenté, jamais entendu parler de lui, désolé.

— Hé, Steve, fit Bubba, et ton savoir-vivre ? T'as devant toi le frère de Mutt Sanders et tu lui offres pas un coup ? Allez, mec, tu veux un whisky ?

— A vrai dire, je ne...

Steve ne l'écoutait pas. Il fourra un verre dans la main de Knox et y renversa le goulot d'une bouteille.

Knox dut trinquer avec Bubba.

— A Mutt !

— A Mutt, répéta Steve.

— Euh... A Mutt, fit Knox après un léger haussement d'épaules.

Bubba et Steve vidèrent leur verre d'un trait. Knox se crut obligé de les imiter et fut aussitôt saisi par une quinte de toux. Sans sourciller, Steve versa une nouvelle tournée. L'estomac de Knox était en éruption.

— Alors qu'est-ce qu'il devient, le vieux Mutt ? demanda Bubba.

Knox répondit entre deux étranglements :

— A vrai dire,... je ne connais pas... vraiment Mutt.

Les yeux à demi clos de Bubba ne semblèrent pas s'alarmer de cet aveu.

— Au grand Mutt, fit-il, levant son verre.

— Au grand Mutt ! le seconda Steve.

— Au grand... Mutt, toussa Knox.

Ils rincèrent leurs verres. Knox se remit à tousser de plus belle et l'armoire à glace lui donna une claque dans le dos.

— Bon, faut que j'trouve Patsy, annonça Bubba dans un hoquet éthylique. Salue Mutt de ma part.

— Je n'y manquerai pas, fit Knox, encaissant une seconde claque dans le dos.

Il vit Ginny qui le regardait en riant.

— Amène ton godet, fit Steve qui lui versa un autre verre.

Knox sentit que la tête commençait à lui tourner.

Les flammes s'élevaient vers la voûte de la grotte. Blottis l'un contre l'autre, les Poètes Disparus et leurs invitées fixaient le feu avec fascination. Sur un rocher, une bougie se consumait lentement sur la tête enturbannée du « dieu de la caverne ».

— Je savais que vous étiez plutôt bizarres, dans cette école, mais pas à ce point-là, dit Tina en examinant la statuette.

Elle sortit de son blouson une flasque de whisky qu'elle tendit à Neil. Celui-ci hésita une seconde puis s'en saisit et but une gorgée en se donnant des airs de vieux loup de mer. Il la rendit à Tina.

— Vas-y, fais passer, dit-elle.

Ses yeux s'étaient animés, le feu et le whisky donnaient des couleurs à son visage.

La bouteille fit le tour de l'assemblée. Les garçons s'efforçaient de ne pas grimacer sous l'effet du liquide amer. Todd fut le seul à ne pas tousser après avoir avalé une rasade de whisky.

— Ouais ! applaudit Gloria, impressionnée par sa descente. Dites, ça vous manque pas, les filles ?

— Si ça nous manque ? répéta Charlie : ça nous rend complètement dingues, oui. A propos, je voudrais annoncer que j'ai fait passer dans le bulletin du collège, au nom des Poètes Disparus, un article exigeant que les filles soient admises à Welton.

— Tu as fait quoi ? s'écria Neil, bondissant sur ses pieds. Comment tu as fait, d'abord ?

— Tu oublies que je suis correcteur d'épreuves au Bulletin. J'ai tout simplement inséré l'article.

— Alors on est foutus, grommela Pitts.

— Pourquoi ? rétorqua Charlie, personne ne sait qui on est.

— Mais ils vont deviner tout de suite ! s'indigna Cameron que les conséquences de cette bravade épouvantaient. Ils vont te tomber dessus et te cuisiner sur le Cercle des Poètes Disparus... Charlie, tu n'avais pas le droit de faire une chose pareille !

— Appelle-moi Nuwanda, Cameron.

— Il a raison, gloussa Gloria. Nuwanda, c'est plus joli.

Charlie se leva à son tour.

— Enfin quoi, est-ce qu'on fait semblant ici ou est-ce qu'on défend vraiment les idéaux du Cercle ? Parce que si on se réunit seulement pour lire des poèmes à tour de rôle, alors je ne vois pas bien l'intérêt.

— Peut-être, dit Neil, en se mettant à arpenter la grotte. N'empêche que tu n'avais pas le droit de parler en notre nom à tous.

— Hé, arrêtez de faire dans votre froc, bande de trouillards. S'ils me coincent, je dirai que j'ai fabriqué toute l'affaire. Pas de quoi vous tracasser. Bon, Gloria et Tina ne sont pas venues ici pour écouter vos jérémiades. Si on ouvrait la séance ?

— Ouais, approuva Gloria. Faudrait qu'on voie c'qui se passe, histoire de savoir si on veut entrer au Cercle.

Neil haussa les sourcils.

— Vous deux ?

Charlie l'ignora et se tourna vers Tina :

— Oserais-je te comparer à un jour d'été ? Non, tu es plus douce et plus tempérée[1].

Tina fondit.

— Oh, comme c'est joli !

— Je viens de le composer pour toi.

— Sans blague ?

Elle jeta ses bras autour du cou de Charlie. Les autres jouèrent les indifférents, alors qu'ils bouillaient de jalousie.

— Je vais en improviser un pour toi aussi, Gloria.

Il ferma les paupières.

— Ô beauté qui marche dans la nuit...

Il rouvrit les yeux et se leva, comme sous le feu de l'inspiration.

> *Ô beauté qui marche dans la nuit*
> *Ton éclat éteint celui des cieux*
> *Car la passion, divine harmonie,*
> *Brille dans la braise de tes yeux.*

Gloria frissonnait d'aise.

— C'est merveilleux, non ?

Les autres restaient assis, le visage cramoisi de dépit.

Au même moment, le cœur en proie lui aussi à une jalousie dévorante, Knox Overstreet titubait au hasard dans la vaste demeure.

— Ils me l'avaient bien dit, maugréa-t-il en se

1. W. SHAKESPEARE : *Sonnets.*

rappelant les mises en garde de ses camarades du Cercle.

La maison était plongée dans une pénombre que seuls les rayons de la lune faisaient reculer. La musique lui martelait les tympans. Partout des masses indistinctes s'étreignaient et se pelotaient.

Un verre à la main, étourdi par les innombrables whiskies qu'il avait ingurgités en compagnie de ses compères Bubba et Steve, Knox buta contre un couple allongé sur le tapis.

— Hé ! gueula une voix. Tu peux pas faire gaffe où tu fous les pieds ! T'as un verre dans le nez, ou quoi ?

CHAPITRE 10

Knox se laissa tomber lourdement sur un divan, parvenant par miracle à ne pas s'asperger de whisky. La tête rejetée en arrière, il siffla une lampée de liquide doré, s'étonnant vaguement de ne plus en ressentir la brûlure.

Il promena un regard vitreux à la ronde, les paupières alourdies par l'alcool. A sa gauche, il y avait un couple enlacé, créature ondulante et gémissante, amalgame de membres dont Knox renonça à débrouiller l'entrelacs. A sa droite, deux amoureux s'enfonçaient moelleusement dans les coussins. Écœuré, Knox voulut se lever mais le couple sur lequel il avait buté un peu plus tôt avait roulé à ses pieds, le clouant sur place. Knox eut un ricanement intérieur. Mais puisque ses voisins étaient visiblement trop occupés pour s'offusquer de sa présence, il décida de prendre son mal en patience.

La musique s'interrompit. Dans l'obscurité de la pièce, on n'entendit plus que des murmures et des gémissements langoureux.

— On se croirait dans un centre de réanimation, ironisa Knox.

Mais l'adolescent riait jaune. Il tourna la tête vers le couple de droite.

— Allez, vas-y, et que je te mords l'oreille !

Il se tourna vers sa gauche.

— Oh, Chris, tu es si belle, entendit-il.

Sa mâchoire inférieure manqua se décrocher. Cette créature protéiforme, c'était Chris et Chet ! Le cœur de Knox bondit dans sa poitrine. Chris Noël était assise à côté de lui, contre lui !

La musique reprit. Les voix des *Drifters* s'élevèrent dans la pièce. Knox sentait la tête lui tourner. Sous son nez, les deux adolescents s'embrassaient avec une fougue juvénile. Knox contempla la nuque de la jeune fille, la naissance de ses cheveux, son profil délicat, la courbure de son sein. Il vida d'un trait le reste de son verre et s'obligea à détourner le regard.

Mais Chris pesait de plus en plus contre son épaule. Le visage crispé par une grimace, Knox luttait de toutes ses forces contre la tentation. Mais il sentait bien qu'il était en train de perdre la bataille.

Il se tourna à nouveau vers Chris. Ses sens venaient de l'emporter.

— Carpe poitrinam, dit-il à voix haute, fermant les yeux. Profite du sein présent !

— Hein ? fit Chris à l'adresse de Chet.

— J'ai rien dit, répondit celui-ci.

Ils reprirent leur baiser là où ils l'avaient laissé. La main gauche de Knox, comme mue par une force magnétique irrépressible, s'allongea lentement vers la jeune fille. Ses doigts tremblants effleurèrent la nuque blonde avant de descendre vers son sein. Knox rejeta la tête en arrière contre le coussin et, les yeux clos, savoura la douce chaleur de sa bien-aimée.

Croyant à un raffinement sensuel de Chet, la jeune fille accueillit cette nouvelle caresse avec enchantement.

— Oh, Chet, murmura-t-elle, bombant légèrement la poitrine, comme c'est bon !

— Oui ? fit Chet, surpris. Quoi donc ?

— Tu sais bien...

Knox retira sa main. Chet s'empara à nouveau des lèvres de Chris.

— Continue, Chet...

— Continue quoi ?

— Chet...

Les doigts de Knox se posèrent à nouveau sur le cou de la jeune fille puis dessinèrent de lentes arabesques en direction de son sein. Chris exhala un long gémissement de plaisir.

Chet s'écarta un peu, surpris par la réaction de sa partenaire, puis renonça à comprendre.

Knox respirait profondément. La musique semblait s'amplifier dans sa tête. Ses doigts s'enhardirent et se refermèrent sur le sein ferme de Chris. Knox sombrait doucement dans l'extase. Son verre de whisky lui échappa.

Mais soudain, sa main fut prise dans un étau de fer tandis qu'une lampe s'allumait sur la commode voisine. Clignant des yeux, Knox se retrouva face à face avec Chet et Chris. Chris semblait interloquée ; quant à Chet, le rictus sur son visage ne laissait aucun doute sur ses sentiments.

— Qu'est-ce que tu fous ? aboya-t-il.

— Knox ? fit Chris en mettant sa main en visière.

— Chet ! Chris ! s'écria Knox, feignant une totale naïveté. Qu'est-ce que vous faites ici ?

— Espèce de...

Chet poussa un grognement et écrasa son poing sur la figure de Knox. L'attrapant par le revers de sa chemise, il le décolla de son siège et l'envoya rouler par terre avant de se jeter sur lui pour l'immobiliser le dos au tapis. Le footballeur lui martela alors le visage d'une volée de coups que Knox tentait vainement de parer.

— Sale connard !

Chris tenta d'intervenir.

— Arrête, tu vas lui faire mal ! Il saigne !

Les poings de Chet s'abattaient avec la régularité d'un métronome, gauche, droite, gauche, droite.

— Chet, arrête ! Il n'a rien fait de mal !

Elle le tira en arrière par les épaules. Il se releva, fixant toujours son adversaire d'un œil mauvais. Knox roula sur le côté en se tenant le visage.

— Ça suffit, sanglota Chris, en s'interposant entre les deux.

Knox restait au tapis, la main sur son nez dégoulinant de sang.

— Je suis désolé, Chris, je suis désolé, geignit-il.

— T'as pas eu ton compte ? gueula Chet. Tu en veux encore ? Allez, fous-moi le camp !

Chet fit mine de s'élancer à nouveau, mais Chris et un ami le retinrent par le bras. D'autres escortèrent Knox hors de la pièce.

Titubant en direction de la cuisine, Knox cria une dernière fois par-dessus son épaule :

— Je suis désolé, Chris !

— Si jamais je te revois, je te crève ! répliqua Chet en montrant les dents.

120

Loin de se douter que l'un de ses membres se trouvait en si fâcheuse posture, le Cercle des Poètes Disparus poursuivait sa séance.

Régulièrement entretenues, les flammes s'élevaient vers le sommet de la grotte, projetant sur les parois leurs ombres gigantesques. Un bras passé autour de Charlie, Gloria le regardait avec adoration. La bouteille de whisky circulait de main en main.

— Hé, les mecs, si on montrait à Gloria et à Tina le jardin des Poètes Disparus ? fit soudain Charlie, pointant le menton vers l'entrée de la grotte.

— Le jardin ? renchérit Meeks, sans comprendre.

— Quel jardin ? renchérit Pitts.

D'un regard furibond, Charlie leur imposa silence. Plus sagace que ses camarades, Neil donna un coup de coude à Pitts qui comprit enfin.

— Ah, oui, le jardin, fit-il d'un air entendu. Par ici la visite, m'sieurs dames.

— Comme c'est bizarre ! dit Tina, perplexe. Vous avez même un jardin ?

Ils prirent la direction de la sortie. Resté en arrière, les yeux écarquillés derrière ses lunettes, Meeks accrocha Charlie par le coude.

— Mais de quoi est-ce que vous parlez ? chuchota-t-il.

Charlie le fusilla du regard.

— Charlie, enfin... Nuwanda, on n'a pas de jardin.

Neil revint à la rescousse et, d'une bourrade, propulsa Meeks vers la sortie.

— Avance, idiot !

Lorsqu'il se retrouva seul avec Gloria, Charlie se tourna vers la jeune fille en souriant.

— Pour un petit génie, c'est fou ce qu'il peut être long à la détente !

— Je le trouve plutôt mignon.

— Toi aussi, je te trouve mignonne, murmura Charlie.

Il se pencha lentement pour l'embrasser, fermant à demi les paupières. Comme ses lèvres effleuraient celles de Gloria, la jeune fille se leva.

— Tu sais ce qui me plaît vraiment chez toi ?

Un peu contrarié par ce contretemps, Charlie leva les yeux vers la voûte.

— Non, quoi donc ?

— Tous les types que je rencontre d'habitude ne pensent qu'à une chose... Enfin, tu vois ce que je veux dire... Mais toi, tu es différent.

— Vraiment ?

— Oui ! N'importe quel autre type m'aurait déjà sauté dessus. Dis-moi encore un poème.

— Mais...

— S'il te plaît ! C'est tellement formidable d'être aimée pour... ce qu'on est vraiment.

Charlie passa une main sur son visage. Gloria se tourna vers lui.

— Nuwanda ? S'il te plaît...

— C'est bon ! Laisse-moi réfléchir !

Il se tut un moment, puis récita :

A la sainte union des âmes
Je n'admets point d'obstacle : amour n'est pas amour
S'il varie en voyant varier l'autre flamme
Non plus que, délaissé, s'il délaisse à son tour[1]

1. SHAKESPEARE : *Sonnets.*

Gloria roucoula de plaisir.

— N'arrête pas, surtout !

Charlie continua et les gémissements de Gloria résonnèrent dans la grotte.

Oh non ! C'est une marque à jamais établie
Témoin de la tempête, il n'est point ébranlé
C'est l'astre où toute barque errante se rallie :
On en prend la hauteur, ignorant son effet.

— C'est encore meilleur que de faire l'amour ! s'exclama Gloria. C'est l'Amour avec un A majuscule !

Charlie leva les yeux au ciel, mais se résigna à réciter des poèmes jusqu'à une heure avancée de la nuit.

Le lendemain matin, tout le collège fut convoqué dans la chapelle de Welton. Un brouhaha de chuchotements et de bancs déplacés sur les dalles emplissait la voûte à mesure que les élèves prenaient place par petits groupes, échangeant des commentaires sur le bulletin de la semaine.

Knox Overstreet se tassa sur son siège, s'efforçant de dissimuler son visage tuméfié. Quant aux autres membres du Cercle des Poètes, leurs traits tirés trahissaient le manque de sommeil. Étouffant un bâillement dans son poing fermé, Pitts tendit une petite mallette à Charlie.

— C'est prêt, murmura-t-il.

Charlie le remercia d'un hochement de tête.

Le doyen fit son apparition dans la chapelle. Un silence tendu s'abattit subitement et les exemplaires du bulletin disparurent comme par enchantement. Mr. Nolan gagna l'estrade d'un pas déterminé et, d'un geste rapide de la main, ordonna à l'assistance de s'asseoir. Il s'éclaircit la voix d'une toux rauque.

— Messieurs, commença-t-il avec une gravité comminatoire, il est paru dans notre bulletin hebdomadaire un article non autorisé et de nature blasphématoire en faveur de la mixité à Welton. Plutôt que de perdre un temps précieux à mener une enquête pour démasquer les coupables — et je vous prie de croire qu'ils ne m'échapperont pas — je demande à tous les élèves qui auraient connaissance de cette affaire de se lever ici et maintenant. Quels que soient les responsables de cette abjection, leur seule et unique chance d'éviter l'expulsion est de parler tout de suite.

Sa tirade prononcée, Nolan balaya l'assemblée du regard, scrutant les visages, attendant une réponse. Les garçons restèrent de marbre, ou baissèrent la tête.

Soudain, déchirant ce silence écrasant, une sonnerie de téléphone vibra dans la nef. Un moment, les têtes se tournèrent de tous côtés, tâchant d'identifier la provenance d'un bruit si incongru en ces lieux. A la consternation générale, Charlie se leva et sortit de sa mallette un poste de téléphone dont il décrocha le combiné.

— Allô, ici le collège Welton, dit-il à voix haute. Oui, il est là, un moment, je vous le passe. Monsieur Nolan, c'est pour vous !

Avec une obséquiosité ostentatoire, Knox tendit le combiné en direction du doyen.

Le visage de Mr. Nolan vira au pourpre.

— Pardon ?

— C'est Dieu à l'appareil. Il dit que les filles devraient être admises à Welton.

Une explosion de rire secoua les vieilles pierres de la chapelle qui n'avaient jamais connu tel affront à l'autorité suprême du collège.

Un moment décontenancé, le doyen ne fut pas long à se ressaisir.

— Monsieur Dalton, dans mon bureau sur-le-champ ! ordonna-t-il d'une voix sèche avant de quitter les lieux, drapé dans un noir courroux.

Charlie n'eut guère le loisir de savourer son triomphe. Il se retrouva bientôt au garde-à-vous dans le bureau du doyen qui arpentait la pièce d'un pas rageur.

— Effacez-moi ce rictus narquois ! lança Mr. Nolan. Je veux les noms de vos complices.

— J'ai agi seul, monsieur. Je corrige les épreuves du bulletin. Remplacer l'article de Bob Crane par le mien a été un jeu d'enfant.

— Monsieur Dalton, continua Nolan, si vous croyez être le seul qui ait essayé de se faire renvoyer de Welton, détrompez-vous. D'autres ont caressé cet espoir et ont échoué aussi sûrement que vous allez échouer. Prenez la position, monsieur Dalton.

Charlie obéit. Il écarta les pieds et se courba en avant, les mains reposant sur le dossier d'un fauteuil. Ses yeux se fixèrent sur les cannelures du bois. Mr. Nolan sortit d'un placard une lourde pagaie en bois qu'on avait percée de trous pour en augmenter la pénétration dans l'air. Le doyen ôta sa veste, retroussa ses manches et se plaça derrière Charlie, légèrement sur le côté. Le parquet craqua tandis qu'il prenait solidement appui sur ses jambes.

— Comptez à voix haute, monsieur Dalton.

Il leva la latte de bois au-dessus de son épaule et l'abattit d'un mouvement sec et appuyé sur le postérieur de Charlie qui se mordit la lèvre inférieure pour ne pas crier.

— Un, parvint-il à articuler.

Nolan assena le second coup en y mettant plus de poids encore. Charlie ferma les yeux.

— Deux.

Le doyen exécuta la sentence ; Charlie compta les coups. A partir du quatrième, sa voix se fit à peine audible tandis que son visage grimaçait de douleur.

Dans l'antichambre, assise devant sa machine à écrire, Mrs. Nolan commit plusieurs fautes de frappe et s'efforça de couvrir les coups sourds en fredonnant une comptine. Dans une salle voisine, trois étudiants, dont Cameron, étaient penchés sur leur chevalet, s'appliquant à reproduire une tête d'élan empaillée, vieux trophée de chasse accroché au mur. Les coups de batte leur parvenaient étouffés et les remplissaient de terreur. Le crayon de Cameron tremblait tant qu'il ne pouvait en poser la pointe sur le papier.

Au septième coup, les larmes ruisselèrent sur les joues de Charlie.

— Comptez, monsieur Dalton ! cria Nolan.

Vers le neuvième ou dixième coup, Charlie se contenta de hoqueter les nombres. Nolan s'arrêta après le douzième coup et se plaça en face du garçon.

— Vous affirmez toujours avoir agi sans complice ?

Charlie ravala ses larmes.

— Oui... monsieur.

— Qu'est-ce que le Cercle des Poètes Disparus ? Je veux des noms.

Charlie répondit d'une voix étranglée.

— Il n'y a que moi, monsieur. J'ai tout inventé. Je le jure.

— Si j'apprends que vous aviez des complices, ils seront expulsés mais vous resterez. Est-ce que c'est clair ? Relevez-vous.

Charlie obéit avec peine. Son visage était rouge de douleur et d'humiliation.

— Welton sait pardonner, monsieur Dalton, quand on a le courage de reconnaître ses erreurs. Vous ferez des excuses publiques.

Charlie sortit à petits pas du bureau de Mr. Nolan et reprit doucement la direction du dortoir. Ses camarades attendaient son retour, vaquant sans conviction à leur besogne, allant et venant dans les corridors. Quand Charlie apparut dans le vestibule, ils regagnèrent leurs chambres et affectèrent d'être plongés dans leurs devoirs.

Charlie marchait lentement, les yeux baissés, s'efforçant de masquer sa douleur. Comme il arrivait à hauteur de sa chambre, Neil, Todd, Knox, Pitts et Meeks firent cercle autour de lui, s'inquiétant de son air abattu.

— Qu'est-ce qui s'est passé ? s'enquit Neil. Tu es viré ?

— Non, répondit Charlie sans lever les yeux.

— Qu'est-ce qu'il t'a dit ?

— Je suis censé dénoncer tout le monde, faire des excuses publiques, et il passera l'éponge.

Il ouvrit la porte de sa chambre et entra.

— Et alors ? Qu'est-ce que tu vas faire ? demanda Neil. Charlie ?

— Neil, combien de fois faudra-t-il te le répéter ? Mon nom est Nuwanda, dit-il crânement.

Relevant alors la tête, Charlie leur présenta un visage qui exprimait le défi et orné de son habituel sourire goguenard. Puis il leur claqua la porte au nez.

Les autres échangèrent des regards pleins de soulagement et d'admiration. Charlie était bien toujours le même. Le mauvais traitement qu'il venait de subir ne l'avait pas brisé.

Plus tard dans l'après-midi, Mr. Nolan pénétra dans l'un des bâtiments de classe de Welton et emprunta un corridor qui menait à la salle de Mr. Keating. Il frappa sèchement à la porte, et entra sans attendre la réponse. Mr. Keating et McAllister étaient en train de bavarder autour d'une tasse de café.

— Monsieur Keating, puis-je m'entretenir avec vous un moment ? dit le doyen.

Le professeur de latin ne demanda pas son reste.

— Je vous prie de m'excuser, murmura McAllister en quittant la salle.

Nolan resta un moment silencieux, désireux de donner ainsi plus de poids à ce qu'il s'apprêtait à dire. Il promena son regard sur la salle et fit quelques pas entre les rangées de pupitres, en effleurant le bois du bout des doigts.

— Vous saviez que ce fut ma première classe ? dit-il enfin, sur un ton engageant.

— J'ignorais que vous aviez enseigné ici.

— La littérature. Bien avant vous. Et je puis vous assurer qu'y renoncer a été très pénible.

Il marqua une pause puis regarda Mr. Keating droit dans les yeux.

— La rumeur me parvient, John, que vous appliquez des méthodes peu orthodoxes dans cette classe.

Je ne prétends pas qu'elles sont à l'origine de l'incartade imbécile de ce Dalton — ni même qu'elles entretiennent une quelconque relation avec —, mais je crois devoir vous avertir que les enfants de son âge sont très impressionnables.

— Le châtiment que vous lui avez infligé n'aura pas manqué de lui faire une grosse impression.

Nolan haussa les sourcils, mesurant l'insolence de cette remarque. Il préféra passer outre.

— Que faisiez-vous l'autre jour dans la cour ? demanda-t-il.

— Dans la cour ?

— Oui, fit Nolan avec un geste d'impatience. Cette marche militaire ; ces battements de mains...

— Oh, ça ! C'était un exercice visant à démontrer les dangers du conformisme. Je...

— John, nous avons mis au point un système pédagogique à Welton. Il a fait ses preuves ; il fonctionne. Si vous, le professeur, vous le remettez en question, alors il n'y a plus de garde-fous.

— J'ai toujours cru qu'une bonne éducation devait enseigner aux élèves à penser par eux-mêmes.

Mr. Nolan marqua sa désapprobation par un bref éclat de rire.

— A l'âge de ces garçons ? Vous déraisonnez ! La tradition, John ! La discipline ! Voilà les bases d'une éducation saine.

Il gratifia Mr. Keating d'une tape pateline sur l'épaule.

— Préparez-les pour l'université et le reste se fera tout seul.

Mr. Nolan sourit, sûr de sa vérité, et quitta la salle de classe. Keating resta à regarder par la fenêtre, pensif. McAllister ne tarda pas à passer la tête à la porte. De toute évidence, il avait écouté la conversation.

— A votre place, John, je ne m'inquiéterais pas tant des dangers du conformisme sur mes élèves.

— Pourquoi cela ?

— Eh bien, vous êtes vous-même le produit de ces murs, non ?

— Oui, et alors ?

— Alors, si vous voulez forger un athée irréductible, assommez-le de principes religieux inflexibles : ça marche à tous les coups.

Keating regarda fixement McAllister, puis partit d'un grand éclat de rire. Le professeur de latin lui adressa un clin d'œil avant de disparaître.

Plus tard dans la soirée, Keating s'engouffra dans le dortoir où les garçons se préparaient à diverses activités extra-scolaires. Il alla trouver Charlie, qui marchait au centre d'un groupe d'amis, racontant pour la énième fois sa rencontre douloureuse avec la poigne de fer de Mr. Nolan.

— Monsieur Keating ! s'écria Charlie, surpris de le trouver là.

— C'était une farce de potache, monsieur Dalton !

Charlie écarquilla les yeux.

— Quoi ? Alors vous êtes dans le camp de Nolan ? On oublie *carpe diem* et « sucer la moelle de la vie » et tout le reste ?

— Sucer la moelle ne signifie pas qu'il faut s'étrangler avec l'os, Charlie. Apprenez qu'il y a un temps pour l'audace et un temps pour la prudence, et qu'un bon marin doit savoir louvoyer.

— Mais je croyais que...

— Se faire renvoyer de ce collège ne dénote ni

sagesse ni même audace. Welton est loin d'être le paradis, mais il offre malgré tout quelques opportunités.

— Ah oui ? rétorqua Charlie d'un air irrité. Lesquelles par exemple ?

— Eh bien, ne serait-ce que la chance d'assister à mes cours. Compris ?

Charlie sourit.

— Oui, mon Capitaine.

Keating s'adressa au groupe de camarades qui entourait Charlie.

— Alors gardez la tête froide, vous tous !

— Oui, monsieur.

Keating fit mine de s'éloigner puis se retourna vers Charlie.

— Un appel de Dieu..., fit-il en secouant la tête. Si au moins ç'avait été en P.C.V., alors j'aurais applaudi des deux mains !

Le lendemain, l'incident sembla clos. Mr. Keating décida de prendre le doyen au mot. Au commencement de son cours suivant, il écrivit en lettres majuscules sur le tableau noir le mot UNIVERSITÉ.

— Messieurs, commença-t-il, nous allons aborder aujourd'hui une spécialité qu'il vous faudra maîtriser si vous voulez réussir à l'université : je veux parler de l'analyse de livres que vous n'avez pas lus.

La classe éclata de rire.

— L'université, continua Keating, va probablement mettre à rude épreuve votre amour pour la poésie. Des heures d'analyses fastidieuses et de dissections stériles en viendront certainement à bout. L'université va en outre vous exposer à toutes sortes de littératures — dans leur grande majorité, des chefs-d'œuvre incontournables que vous devrez ingurgiter et absorber ; mais pour une bonne part aussi, des rebuts nauséeux qu'il vous faudra fuir comme la peste.

Keating posa un pied sur sa chaise et un coude sur sa cuisse.

— Imaginons que vous ayez choisi de suivre un cours sur le roman moderne. Pendant toute l'année vous avez lu et étudié des chefs-d'œuvre comme *Le Père Goriot* de Balzac ou *Pères et Fils* de Tourgueniev ; mais voilà que le jour de l'examen final, vous découvrez avec stupeur que le sujet de la dissertation est le thème de l'amour paternel dans *La Jeune Ambitieuse*, un roman — le terme est généreux — dont l'auteur n'est autre que votre distingué professeur.

Keating leva un sourcil, s'assurant qu'il avait l'attention de tous, puis continua.

— Vous parcourez les trois premières pages et vous vous rendez compte que vous préféreriez vous engager dans la marine plutôt que de perdre un temps précieux à vous polluer la cervelle avec cette immondice. Qu'allez-vous faire ? Vous décourager ? Ramasser un zéro pointé ? Surtout pas. Car vous êtes préparés.

Mr. Keating se mit à déambuler dans la classe.

— Vous retournez votre *Jeune Ambitieuse*, passez-moi l'expression, et vous apprenez en lisant la quatrième de couverture que c'est l'histoire d'un certain Frank, vendeur de matériel agricole, qui se saigne aux quatre veines pour offrir à sa fille Christine une entrée dans le grand monde qu'elle désire par-dessus tout. Vous en savez assez :

commencez par récuser la nécessité de résumer l'action tout en en distillant suffisamment pour faire croire à votre professeur que vous avez lu son livre.

« Enchaînez par une phrase pompeuse et passe-partout du genre : "On notera avec intérêt qu'il est possible d'établir un parallèle éclairant entre la vision de l'amour paternel de l'auteur et les théories freudiennes : Christine est Électre, son père est Œdipe".

« Enfin, ajoutez une pincée d'hermétisme et d'érudition. Par exemple : "On notera avec intérêt qu'il est possible d'établir un parallèle entre ce roman et l'œuvre du célèbre philosophe hindou Avesh Rahesh Non. Rahesh Non a décrit sans complaisance ces enfants qui abandonnent leurs parents au profit de ce qu'il nomme "l'hydre à trois têtes", une trilogie formée par l'ambition, l'argent et la réussite sociale". Développez les théories de Rahesh Non sur la façon dont se nourrit le monstre et sur la manière de le décapiter. Concluez en louant le talent d'écrivain de votre professeur et en le remerciant de vous avoir introduit à une œuvre aussi essentielle.

Meeks leva la main.

— Capitaine... Et si on ne connaît pas Rahesh Non ?

— Rahesh Non n'a jamais existé, monsieur Meeks. Inventez-le, donnez-lui un état civil, une biographie. Aucun professeur d'université n'admettra ignorer un auteur d'une telle envergure, et vous vous verrez probablement décerner une note semblable à la mienne.

Keating saisit une copie sur son bureau et lut à haute voix :

— « Vos références à Rahesh Non sont pertinentes et pénétrantes. Suis heureux de constater que je ne suis pas le seul à apprécier ce grand penseur indien. Note : 20/20. »

Il laissa tomber la feuille sur le bureau.

— Messieurs, disserter sur des livres insipides que vous n'aurez pas lus sera certainement au programme de vos examens, aussi je vous recommande de vous y entraîner. Passons à présent aux astuces qu'il vous faut connaître pour réussir un examen universitaire. Prenez vos cahiers et un crayon, messieurs. Je vais vous proposer un questionnaire.

La classe obéit. Keating distribua les tests. Puis, il installa un écran devant le tableau et un projecteur de diapositives au fond de la classe.

— Les grandes universités sont des Sodome et Gomorrhe qui grouillent de ces créatures appétissantes qui font si cruellement défaut ici. Le niveau de distraction atteint un seuil dangereusement élevé, mais ce questionnaire devrait vous préparer à affronter pareille situation. Je vous préviens, la note sera portée sur vos bulletins. Vous pouvez commencer.

Les garçons se mirent au travail. Keating mit en marche le projecteur. Lorsqu'il eut affiné la mise au point, on découvrit sur l'écran une superbe fille en train de se baisser pour ramasser un stylo, révélant ainsi sa petite culotte. Les garçons levèrent le nez de leurs tests et les yeux leur sortirent de la tête.

— Concentrez-vous sur vos examens, messieurs. Vous avez vingt minutes.

Il passa à la seconde diapositive : il s'agissait cette fois d'une jeune femme en lingerie fine. Les garçons

134

jetaient des coups d'œil sur l'écran, tout en s'efforçant de se concentrer sur leur copie. Keating s'amusait de leur trouble. Cruellement, il continua la projection, kyrielle de jolies femmes en positions lascives et dessous affriolants. Les têtes des garçons oscillaient de leur pupitre à l'écran. Sur sa feuille, Knox inscrivait « Chris, Chris, Chris » en contemplant rêveusement la projection.

CHAPITRE 11

L'hiver s'était abattu brutalement sur les collines du Vermont. De violentes rafales de vent soufflaient sur le campus de Welton, soulevant en tourbillons les feuilles mortes qui recouvraient le sol durci.

Sanglés dans leurs manteaux à capuche, le cou ceint d'une écharpe, Todd et Neil montaient le long d'un sentier qui serpentait entre les bâtiments du collège. Les hurlements du vent étouffaient presque la voix de Neil qui répétait ses répliques du *Songe d'une nuit d'été*.

— Ici, manant, l'épée à la main et en garde. Où es-tu ?

Neil eut un trou de mémoire.

— « Je suis à toi, dans l'instant », lui souffla Todd qui tenait le texte entre ses doigts bleuis par le froid.

— « Suis-moi donc sur un terrain plus égal ! » clama Neil avec fougue. Oh que j'aime ça !

— Quoi ? La pièce ?

— La pièce bien sûr, mais jouer surtout ! C'est le

plus beau métier du monde. Dire que la plupart des gens ne vivent qu'une vie, et encore, s'ils ont de la chance. Un acteur, lui, peut vivre des dizaines de vies toutes plus passionnantes les unes que les autres !

D'un bond théâtral, il grimpa sur un muret de pierre.

— « Être ou ne pas être, telle est la question ! » Pour la première fois de ma vie, je me sens pleinement exister ! Tu devrais essayer, Todd.

Il sauta au bas du mur.

— Pourquoi tu n'es jamais venu aux répétitions ? Je sais qu'ils cherchent des gens pour s'occuper de l'éclairage et des accessoires.

— Non, merci.

— Et il y a des tas de filles, ajouta Neil avec un clin d'œil. Celle qui joue Hermia est fantastique !

— Je viendrai pour la représentation.

— Poule mouillée ! le taquina Neil. Bon, où est-ce qu'on en était ?

— « Es-tu là ? », lut Todd.

— Mets-y un peu d'intonation !

— ES-TU LÀ ? claironna Todd.

— Voilà ! « Suis ma voix ; nous verrons ailleurs si tu es un homme. »

Neil salua son ami d'une révérence de cabotin.

— Merci, noble messire. A ce soir, pour le dîner.

Il s'élança vers le dortoir. Todd le regarda traverser la cour comme une flèche et disparaître dans le bâtiment de brique ; il secoua la tête avec amusement et prit tranquillement la direction de la bibliothèque.

Virevoltant et pourfendant l'air de son épée imaginaire, Neil enfila les corridors sous l'œil curieux des élèves qu'il croisait. Du pied, il poussa la porte de sa chambre et s'y engouffra en mimant une estocade finale.

L'adolescent se figea soudain. Son père l'attendait assis à sa table. Le visage de Neil se vida de son sang.

— Père !

— Neil, tu vas laisser tomber cette farce ridicule, dit Mr. Perry.

— Père, je...

Mr. Perry se dressa de toute sa hauteur et frappa du poing sur la table.

— Ne réponds pas ! Non seulement tu perds ton temps avec cette... cette bêtise de saltimbanques mais en plus tu m'as délibérément trompé !

Il se mit à faire les cent pas dans la pièce, claquant des talons à chaque volte-face. Neil tremblait de tous ses membres.

— Comment espérais-tu t'en sortir ? Hein ? Qui t'a mis cette idée en tête ? C'est ce Keating ?

— Personne..., bredouilla Neil. Je voulais vous faire la surprise. J'ai eu la meilleure note dans presque toutes les matières et...

— Tu as vraiment cru que je ne découvrirais pas le pot aux roses ? « Ma nièce joue dans une pièce avec votre fils », m'a dit l'autre jour madame Marks. « Vous devez faire erreur, madame, mon fils ne fait pas de théâtre. » Tu m'as fait passer pour un menteur, Neil. Demain, tu iras trouver la troupe et tu leur annonceras que tu abandonnes.

— Père, j'ai un des rôles clefs... La représentation est pour demain soir. Père, s'il vous plaît...

Mr. Perry était blême de rage. Il s'approcha de Neil, l'index menaçant.

— Le monde peut bien s'écrouler demain soir, tu ne joueras pas cette pièce ! C'est compris ? EST-CE QUE C'EST COMPRIS ?

L'adolescent ne trouva pas la force de s'opposer à son père.

— Oui, Père...

Les yeux rivés sur ceux de son fils, Mr. Perry resta un moment sans bouger, à l'exception d'un tressaillement de mâchoires.

— J'ai fait beaucoup de sacrifices pour t'envoyer dans ce collège, Neil. Tu ne me décevras pas.

Mr. Perry sortit en claquant la porte. Neil s'effondra sur sa chaise et martela son bureau de ses poings serrés, jusqu'à ce que la douleur fît couler des larmes sur ses joues.

A l'heure du dîner, tous les membres du Cercle des Poètes Disparus étaient réunis dans le réfectoire, à l'exception de Neil, qui avait prétexté une migraine. Ils portaient la nourriture à leur bouche de façon si laborieuse que le vieux Hager s'approcha de leur table et les considéra d'un œil soupçonneux, une paupière à demi fermée.

— Monsieur Dalton, qu'est-ce qui ne va pas ? s'enquit-il. Le menu ne vous satisfait pas ?

— Si, monsieur.

Hager se tourna vers les autres. Quelque chose clochait.

— Messieurs Overstreet et Anderson, vous êtes gauchers ?

— Non, monsieur.

— Alors pourquoi tenez-vous votre fourchette de la main gauche ?

Les garçons échangèrent des regards innocents. Knox prit la parole.

— On s'est dit qu'il serait bon de rompre avec de vieilles habitudes.

— Que reprochez-vous aux vieilles habitudes, monsieur Overstreet ?

— Elles perpétuent une vie mécanique, monsieur, soutint Knox. Elles imposent des bornes à la pensée.

— Monsieur Overstreet, je suggère que vous vous souciiez moins de rompre des vieilles habitudes et plus d'en prendre de bonnes pour vos études. C'est compris ?

— Oui, monsieur.

— Ceci vaut aussi pour vous, messieurs. Maintenant, mangez avec votre main habituelle.

Les garçons obéirent. Mais dès que le vieux professeur se fut éloigné, Charlie changea à nouveau de main, bientôt imité par ses camarades.

Neil finit par faire son apparition dans le réfectoire. Il semblait bouleversé.

— T'en fais une tête, dit Charlie. Qu'est-ce qui ne va pas ?

— J'ai reçu la visite de mon père.

— Tu vas laisser tomber la pièce ? demanda aussitôt Todd.

— J'en sais rien encore.

— Pourquoi tu n'irais pas en parler à Mr. Keating ? suggéra Charlie.

— Pour quoi faire ?

Charlie haussa les épaules.

— Peut-être qu'il saura te conseiller. Peut-être même qu'il ira parler à ton père.

— Tu plaisantes ? ricana Neil.

Malgré les objections de Neil, ses camarades insistèrent tant et si bien, affirmant que Mr. Keating pourrait l'aider à résoudre son problème, qu'après dîner ils gagnèrent ensemble le quartier des professeurs, au deuxième étage du dortoir. Todd, Pitts et Neil restèrent sur la marche palière de l'escalier ; Charlie alla frapper à la porte.

— C'est grotesque, protesta Neil.

— C'est mieux que rien, répondit Charlie.

Il frappa à nouveau mais la porte resta close.

— Il n'est pas là ; allons-nous-en.

Charlie actionna la poignée et ouvrit la porte.

— Attendons-le à l'intérieur, dit-il en pénétrant dans la pièce.

— Charlie ! Nuwanda ! l'appelèrent les autres. Sors de là ! Reviens !

Mais comme Charlie ne réapparaissait pas et que la curiosité les tiraillait, ses camarades le suivirent à pas comptés.

La chambre était petite et austère. Les garçons s'y sentirent d'emblée comme des intrus.

— Nuwanda, murmura Pitts, ne restons pas là ! Il va arriver d'une minute à l'autre...

Charlie ignora cette mise en garde et poursuivit son investigation. Par terre, près de la porte, il y avait une petite valise bleue. Quelques livres, certains en piteux état, reposaient sur le lit. Charlie s'approcha du bureau et saisit entre ses doigts un cadre contenant la photographie d'une très jolie jeune femme qui devait avoir une vingtaine d'années.

— Ouah ! Regardez-moi ça ! dit Charlie avec un sifflement admiratif.

A côté du cadre, il y avait une lettre inachevée. Charlie la prit et se mit à lire :

— Ma chère Jessica : je me sens si seul loin de toi... Bla bla bla. Je ne peux que contempler ta photographie ou fermer les yeux et réveiller le souvenir de ton sourire radieux — mais ma pauvre imagination n'est qu'un pâle substitut à ta présence. Oh, comme tu me manques et comme j'aimerais...

La porte grinça. Charlie s'arrêta brutalement de lire en découvrant Mr. Keating debout sur le pas de la porte.

— Oh, bonsoir, monsieur Keating ! s'exclama Charlie. Justement nous vous cherchions !

Sans un mot, Keating vint à lui et, calmement, lui ôta la lettre des mains, la plia et la glissa dans sa poche de veston.

— Une femme est une cathédrale, messieurs, dit-il alors. Il faut la vénérer comme telle.

Il contourna Charlie, ouvrit le tiroir supérieur de son bureau et y déposa la lettre.

— Est-ce que vous souhaitez continuer votre fouille, monsieur Dalton ?

— Je suis désolé, répondit Charlie. Je, nous...

Charlie se tourna vers ses camarades comme pour les appeler à la rescousse. Neil fit un pas en avant.

— Ô Capitaine ! Mon Capitaine ! Nous sommes venus jusqu'ici parce que j'avais à vous parler.

— Quelque chose qui vous concerne tous ? s'enquit leur professeur.

— En fait, j'aimerais vous parler seul à seul, dit Neil.

Les autres furent soulagés de voir s'ouvrir une porte de sortie.

— Il faut que j'aille bosser ma chimie, dit Pitts.

143

Les autres approuvèrent du bonnet.

— On t'accompagne ; bonne nuit, m'sieur Keating.

Ils s'éclipsèrent rapidement et refermèrent la porte derrière eux.

— Revenez quand vous voulez ! leur cria Keating.

— Merci, les entendit-il répondre à travers la cloison.

Pitts donna une bourrade à Charlie.

— Merde, Nuwanda ! On a l'air fin...

— J'ai pas pu m'en empêcher, répondit Charlie, haussant les épaules.

Keating s'amusait de la nervosité de Neil qui allait et venait dans la pièce, les yeux mobiles.

— Vous êtes drôlement à l'étroit ici.

— Rien ne doit me détourner de mon travail. Enseigner, c'est un peu comme entrer au monastère.

— Pourquoi êtes-vous professeur ? demanda Neil. C'est-à-dire que... Avec toutes ces histoires sur *carpe diem*, on vous imaginerait plutôt en train d'explorer le monde.

— Mais c'est exactement ce que je fais, Neil. J'explore le monde. Ce monde nouveau, ce monde des temps modernes. Et puis, un collège comme Welton a besoin d'un professeur comme moi, non ? Mais vous n'êtes pas venu ici pour me poser des questions sur ma vocation, n'est-ce pas ?

Neil poussa un long soupir.

— Mon père exige que je laisse tomber la pièce de Henley Hall. Quand je pense à *carpe diem*, j'ai l'impression d'être en prison ! Jouer représente tout pour moi, monsieur Keating ! J'aimerais en faire mon métier. Bien sûr, je comprends la position de mon père. Nous ne sommes pas riches comme la famille de Charlie. Mais il a planifié toute ma vie sans jamais me demander mon avis !

— Est-ce que vous avez dit à votre père ce que vous venez de me confier ?

— Vous voulez rire ? Il me tuerait !

— Alors vous lui jouez un rôle, à lui aussi ; le rôle du fils soumis. Neil, je sais combien cela peut paraître difficile, mais vous devez parler à votre père et lui dévoiler votre vraie personnalité.

— Mais je sais déjà ce qu'il va me répondre : que le théâtre n'est qu'un caprice, que c'est frivole et que, « pour mon bien », il vaut mieux ne plus y songer. Puis il va me rappeler tous les espoirs qu'ils fondent sur moi.

Keating s'assit sur le bord du lit.

— Si ce n'est pas seulement un caprice, alors c'est à vous de le lui prouver. Montrez-lui, à force de passion et d'engagement, que c'est là votre vocation. Si ça ne marche pas, dites-vous que aurez bientôt dix-huit ans et que vous pourrez mener votre barque à votre guise.

— Dix-huit ans ! Mais la représentation est pour demain soir !

— Allez lui parler, Neil.

— Il n'y a pas d'autre solution ?

— Pas si vous voulez rester honnête vis-à-vis de vous-même.

Neil et Keating restèrent un moment sans parler.

— Merci, monsieur Keating, fit enfin Neil. Je vais réfléchir et prendre une décision.

Tandis que Neil s'entretenait avec son professeur, le reste de la bande courait en direction de la grotte. La neige qui tombait à gros flocons commençait à couvrir la terre de taches pie.

Les garçons s'éparpillèrent dans la grotte, chacun vaquant à ses occupations. Personne ne proposa d'ouvrir la séance. Charlie soufflait de longues notes mélancoliques dans son saxophone. Dans un coin, Knox répétait à mi-voix le poème qu'il s'escrimait à composer. Todd était assis à l'écart et écrivait, lui aussi. Cameron étudiait sa géographie. Debout dans le fond de la grotte, Pitts gravait des signes cabalistiques dans la roche.

Cameron jeta un œil à sa montre.

— Plus que dix minutes avant le couvre-feu, annonça-t-il.

Personne ne réagit.

— Qu'est-ce que tu écris ? demanda Knox à Todd.

— Je ne sais pas. Un poème.

— Pour la classe ?

— Je ne sais pas encore.

Cameron revint à la charge :

— On va écoper d'un blâme, les gars, si on ne fiche pas le camp maintenant. La neige tombe par paquets.

Charlie continua à pousser sa complainte et Todd à griffonner sur son cahier. Cameron haussa les épaules.

— En tout cas, moi j'y vais, dit-il avant de quitter la grotte.

Knox relut le poème auquel il venait d'apporter la touche finale. Tout excité, il se donna une grande claque sur la cuisse.

— Bon sang ! Si seulement je pouvais le faire parvenir à Chris, grommela-t-il.

— Pourquoi tu ne le lui lis pas ? suggéra Pitts ; ça a fait des étincelles pour Nuwanda.

— Elle refuse de me parler ! Je l'ai appelée, mais elle n'a même pas voulu venir au téléphone.

— Nuwanda a récité des poèmes à Gloria et elle s'est jetée à son cou... Pas vrai, Nuwanda ?

Le saxophone se tut. Charlie réfléchit un moment.

— Tout ce qu'il y a de vrai, fit-il avant de se remettre à jouer.

Dans le lointain, la cloche du couvre-feu tinta. Charlie rangea son instrument dans son étui et sortit de la grotte. Todd et Pitts ramassèrent leurs affaires et le suivirent dans la nuit. Resté seul dans la grotte, Knox relisait son poème. Il le glissa dans un livre, souffla la bougie et courut à la poursuite de ses camarades.

— Si ça a marché pour lui, ça marchera pour moi, dit-il en réfléchissant au moyen de parvenir jusqu'à Chris.

Le lendemain matin, le paysage était enfoui sous une épaisse couche de neige. Knox quitta le dortoir au petit matin, équipé pour résister au froid glacial et aux bourrasques de vent. Du revers de la manche, il ôta la neige qui recouvrait la selle de sa bicyclette et s'engagea sur un étroit chemin déblayé. Il prit de la vitesse en descendant la butte de Welton en direction de Ridgeway High. Loin de le décourager, l'air vif fouettait son ardeur.

Il abandonna sa bicyclette devant le lycée et pénétra dans le hall où régnait un joyeux chahut. Se haussant sur la pointe des pieds, il regarda de gauche à droite, ne sachant de quel côté diriger ses pas. Son blazer strict et sa cravate d'uniforme détonnaient au milieu des tenues multicolores et décontractées que portaient les lycéens de Ridgeway. Mais nul ne faisait attention à lui, hormis quelques curieux qui s'amusèrent de son air perdu et du bouquet de fleurs défraîchies qu'il tenait à la main.

Knox s'engagea dans un couloir et arrêta une étudiante qui lui indiqua le chemin. Il fit demi-tour, grimpa un escalier quatre à quatre jusqu'au premier étage.

— Chris !

Knox venait d'apercevoir la chère tête blonde, debout près des vestiaires, en train de bavarder avec une amie. La jeune fille se détourna avec effroi et fit mine de s'en aller, ses classeurs serrés contre la poitrine. Knox la rattrapa par le bras.

— Knox ! Qu'est-ce que tu fais ici ?

Elle l'entraîna à l'écart.

— Je suis venu m'excuser pour l'autre soir. Je t'ai apporté ces fleurs et un poème que j'ai écrit pour toi.

Il lui tendit le modeste bouquet de fleurs et une feuille pliée en deux. Chris les contempla un moment mais ne les accepta pas.

— Si Chet te voit, il va te démolir.

— Je m'en fiche, répondit Knox. Je t'aime, Chris. Tu mérites mieux que cette brute de Chet. Quelqu'un comme moi, par exemple. S'il te plaît, accepte ces fleurs.

— Knox, tu es complètement fou.

La cloche retentit et une grande effervescence se répandit dans les couloirs.

— Je t'en prie. Je me suis conduit comme un idiot et je le sais. S'il te plaît ?

Chris sembla hésiter.

— Non, dit-elle finalement. Et ne viens plus m'embêter !

Elle fit volte-face, entra dans sa salle de classe et ferma la porte derrière elle.

Le corridor se vidait rapidement. Knox hésita un moment, son bouquet à la main. Puis, d'un pas décidé, il suivit la jeune fille.

Les étudiants s'installaient à leurs pupitres. Knox passa sans sourciller devant le professeur qui était penché sur le cahier d'une élève.

— Knox ! paniqua la jeune fille. Dites-moi que je rêve !

— Je te demande simplement d'écouter, dit-il en dépliant son poème.

Lorsqu'il se mit à lire, le professeur et les élèves levèrent la tête.

Les cieux ont créé une fille nommée Chris
Un sourire d'ange, une peau de satin
La caresser serait le paradis
L'embrasser — une gloire sans fin.

Chris devint écarlate et enfouit son visage entre ses deux mains. Ses amis écoutaient en pouffant de rire ou échangeaient des regards amusés. Knox ne se laissa pas rebuter.

Ils ont créé une déesse et l'ont appelée
Chris. Comment ? Jamais je ne le saurai
Mais si mon âme ne peut rivaliser
Mon amour, lui, ne fait que croître

Knox lisait comme si le monde autour d'eux s'était évanoui.

> *Douceur de ses yeux de saphir*
> *Reflets de sa chevelure d'or*
> *Mon cœur succombe à son empire*
> *Heureux de savoir qu'elle respire.*

Knox baissa sa feuille et regarda longuement Chris qui, le visage en feu, l'observait entre les interstices de ses doigts. Elle posa les fleurs et le poème sur son pupitre.

— Je t'aime, Chris.

CHAPITRE 12

Knox quitta Ridgeway High au pas de course et pédala sans relâche jusqu'à Welton, courbé sur sa bicyclette pour mieux lutter contre le vent et la neige.

Sur le campus, le cours de Mr. Keating touchait à sa fin. Les élèves formaient une grappe animée autour du bureau de leur professeur qui les faisait rire à gorge déployée en leur lisant des extraits des *Aventures de M. Pickwick*. La cloche sonna.

— C'est tout pour aujourd'hui, messieurs, dit Keating en refermant le livre d'un mouvement sec du poignet.

Plusieurs garçons râlèrent à l'idée d'aller en classe de latin.

— Neil, appela Keating, je peux vous parler ?

Les autres rassemblèrent leurs affaires et gagnèrent le couloir par petits groupes. Mr. Keating attendit qu'ils fussent tous sortis pour interroger son élève :

— Qu'a dit votre père ? Vous lui avez parlé ?

— Oui, mentit Neil.

— Vraiment ? Vous lui avez répété ce que vous m'avez confié hier soir ? Vous lui avez parlé de votre passion pour le théâtre ?

— Oui, mentit Neil pour la seconde fois ; ça ne lui a pas plu, mais au moins il a accepté de me laisser jouer ce soir. De toute façon, il ne pourra pas assister à la pièce ; il est en voyage d'affaires à Chicago. Mais je crois qu'il va me laisser continuer le théâtre ; à condition que mes études n'en souffrent pas, bien sûr.

L'adolescent évitait soigneusement le regard de son professeur. Son mensonge résonnait si fort dans sa conscience qu'il n'entendit pas ce que lui disait Keating. Il prit ses livres sous le bras et prétendit ne pas vouloir se mettre en retard pour le cours suivant. Un instant déconcerté, Keating le regarda quitter la salle en courant.

De retour dans l'enceinte du collège, Knox appuya sa bicyclette contre le mur des cuisines, derrière le bâtiment principal, et s'engouffra à l'intérieur, gelé jusqu'aux os mais triomphant. Il fit une brève halte pour se régaler de la chaleur odorante des fourneaux et, sous l'œil conciliant d'un marmiton, chaparda au passage un petit pain encore fumant. Puis il escalada l'escalier à grandes enjambées afin de ne pas manquer le début du cours suivant. Au tournant d'un corridor, il tomba nez à nez avec ses camarades.

— Alors, raconte ! l'accueillit Charlie. Tu lui as lu le poème ?

— Oui ! sourit Knox, avalant sa dernière bouchée de pain.

Pitts le félicita d'une solide claque dans le dos.

— Qu'est-ce qu'elle a dit ?

— Je ne sais pas, répondit Knox.

— Comment ça, tu ne sais pas ?

Knox tenta de leur fausser compagnie, mais le Cercle se referma sur lui. Ils le poussèrent dans une salle de classe inoccupée.

— Allez, raconte-nous tout, dit Charlie. Et depuis le début !

A la nuit tombée, les garçons piétinaient dans le grand vestibule du dortoir, attendant de se rendre en compagnie de Mr. Keating à Henley Hall où devait se jouer *Le Songe d'une nuit d'été*. Encore tout émerveillé par son exploit du matin, Knox était prostré sur une chaise, à la fois pensif et souriant, fou d'espoir et d'incertitude.

— Où est Nuwanda ? trépigna Meeks. Si ça continue, on va rater l'entrée en scène de Neil !

— Il a dit qu'il voulait mettre du rouge avant de partir, dit Pitts.

— Se mettre du rouge ? Qu'est-ce que tu racontes ?

— Tu connais Charlie, répondit Pitts. Avec lui, il faut s'attendre à tout et au pire.

A cet instant précis, Nuwanda apparut en haut du large escalier.

— Qu'est-ce que c'est que cette histoire de rouge ? lui demanda Meeks.

Charlie jeta un regard circulaire sur le hall, puis il déboutonna sa chemise et ses camarades découvrirent, peint en rouge vif sur son torse, un éclair dont la pointe disparaissait sous sa ceinture.

— A quoi ça sert ? s'étonna Todd ingénument.

— C'est un symbole indien de virilité ; ça me donne un sentiment de puissance. Les filles en raffolent.

— Tu es complètement givré ! décréta Cameron en clignant plusieurs fois des paupières.

Le groupe s'apprêtait à gagner la sortie lorsque, venu de l'extérieur, un ange blond franchit le seuil. Les garçons tombèrent en arrêt devant cette sublime apparition, les yeux comme des soucoupes. Mais le plus choqué d'entre tous fut sans doute Knox.

— Chris ! s'écria-t-il, le cœur palpitant.

Il s'élança à sa rencontre et, la prenant par le bras, l'entraîna dans la première pièce vide.

L'arrivée de Mr. Keating mit fin à la fascination rêveuse dans laquelle étaient plongés ses élèves.

— Allons-y, messieurs, dit-il, les poussant vers la sortie.

— Je vous rejoins tout de suite, lança Knox.

Chris et Knox s'échappèrent par une porte latérale.

— Si on te voit ici, on sera tous les deux dans un sacré pétrin, dit-il, grelottant de froid.

— Mais toi, ça ne te gêne pas de débarquer dans mon lycée et de me ridiculiser, hein ? cria-t-elle.

— Chut, pas si fort. Je n'avais aucune intention de te ridiculiser.

— C'était réussi ! Chet l'a appris et il en est malade de rage. J'ai eu tout le mal du monde à le dissuader de venir ici. Il voulait te démolir. Ça ne peut plus continuer, Knox !

— Mais je t'aime.

154

— Tu répètes ça sans arrêt, et tu ne me connais même pas !

Derrière eux, Keating et la bande, installés dans la grosse voiture familiale de l'école, hélèrent Knox d'un coup de klaxon ronflant.

— Partez devant, leur indiqua Knox d'un geste, je vous rejoindrai à pied.

Les roues patinèrent un peu sur la neige et la voiture s'élança sur la route boueuse dans un vrombissement de moteur, traînant derrière elle un nuage de fumée blanche.

Le jeune couple fit quelques pas en silence.

— Tu te trompes, Chris, reprit Knox. Je te connais par cœur. Dès que je t'ai vue pour la première fois, j'ai su que tu étais merveilleuse.

— Comme ça ?

— Oui, comme ça. C'est la meilleure façon de ne pas se tromper.

— Et si par hasard je n'éprouvais rien pour toi ?

— Dans ce cas, tu ne serais pas venue ici pour me mettre en garde contre Chet.

Chris ne répondit pas, ne sachant si elle devait prendre un air irrité ou amusé.

— Il faut que j'y aille, dit-elle enfin. Je vais être en retard pour la pièce.

— Tu y vas avec Chet ?

— Lui, au théâtre ? Tu veux rire ?

— Alors, allons-y ensemble.

— Knox, tu es impossible !

— Donne-moi au moins une chance. Si je te déplais ce soir, alors je disparaîtrai de ta vie.

Chris eut une dénégation dubitative de la tête.

— Promis, l'assura Knox. Parole de poète.

Accompagne-moi ce soir. Et si ensuite tu ne veux plus me voir, je jure de m'incliner.

Chris sembla hésiter.

— Si Chet l'apprend...

— Chet n'en saura rien. On s'assiéra au fond de la salle et on s'éclipsera dès le baisser de rideau.

— Knox, si tu promets que ce sera la dernière fois...

— Sur l'honneur des Poètes, dit-il, la main droite levée.

— Qu'est-ce que c'est ?

— Ma parole.

Il avait l'air si sincère que Chris finit par pousser un soupir de reddition et par accepter le bras qu'il lui offrait. Le couple s'enfonça dans la nuit en direction de Henley Hall.

Lorsqu'ils entrèrent dans la salle de spectacle de l'école, Mr. Keating et les autres avaient depuis longtemps élu domicile aux premiers rangs de l'orchestre. Knox et Chris, quant à eux, prirent place au fond du parterre.

Sur scène, la représentation venait de commencer. Lorsque Neil fit son entrée, le front ceint d'une couronne tressée, le Cercle des Poètes Disparus lui réserva un accueil enthousiaste. Un moment saisi par le trac, Neil contempla le vide noir de la salle, les feux de la rampe l'empêchant de discerner les innombrables visages. Dans son fauteuil, Todd croisa les doigts.

— Eh bien ! esprit, où errez-vous ainsi ? commença Neil, en entrant dans la peau de son personnage.

— Par les collines, par les vallées, à travers les buissons, les ronces, par les parcs, par les haies..., lui répondit une fée.

— Tu dis vrai : je suis ce rôdeur de nuit. J'amuse Obéron, et je le fais sourire quand je trompe un cheval gras et nourri de fèves en hennissant comme une pouliche coquette. Parfois, je me tapis dans la tasse d'une commère sous la forme exacte d'une pomme cuite ; et lorsqu'elle boit, je me heurte contre ses lèvres, et je répands la bière sur son sein flétri. La matrone la plus sage, contant le conte le plus grave, me prend parfois pour un escabeau à trois pieds ; alors je glisse sous son derrière, elle tombe, assise comme un tailleur, et est prise d'une quinte de toux ; et alors l'assemblée de se tenir les côtes et de pouffer de joie et d'éternuer, et de jurer que jamais on n'a passé de plus gais moments.

Neil avait su d'emblée captiver l'attention du public qui riait de ses facéties et de son insolence. Les vers coulaient de sa bouche avec aisance, ses mimiques donnaient corps aux mots. Tour à tour bouffon et railleur, il était Puck. Dans la salle, ses amis le suivaient avec admiration. Par superstition, Todd articulait en silence les répliques, enfoncé dans son fauteuil.

— Il est bon ! Il est vraiment excellent ! chuchota Charlie à l'adresse de Mr. Keating.

Le professeur lui signifia son approbation d'un pouce levé, le poing fermé.

Lysandre et Hermia firent leur entrée. Vêtue d'un costume de feuilles et de brindilles entrelacées, Ginny Danburry était époustouflante en Hermia.

« Le même gazon nous servira d'oreiller à tous deux.

Un cœur, un lit ; deux âmes, une seule foi.

— Non, mon bon Lysandre, pour l'amour de moi Mon cher, couchez-vous plus loin. »

Charlie feuilleta fébrilement le programme, cherchant le nom de l'artiste qui interprétait Hermia.

— Ginny Danburry ! Bon sang qu'elle est jolie !

— « Mais, doux ami, au nom de la courtoisie

Serrez-moi de moins près ;

L'humaine modestie exige entre nous la séparation

Qui sied à un galant vertueux et à une vierge... »

Charlie tomba sous le charme. Pendant ce temps, Neil se tenait dans la coulisse ; son regard allait de la scène au public dont il guettait les réactions par la fente d'un portant. Soudain, son cœur fit un bond dans sa poitrine : il venait d'apercevoir la silhouette rigide de son père entrer dans le fond de la salle. Le visage de l'adolescent resta impassible.

Sur scène, Lysandre et Ginny achevaient leur scène.

« Voici mon lit.

Que le sommeil t'accorde tout son repos !

— Qu'il en garde la moitié pour en presser tes yeux. »

Ils s'allongèrent par terre et s'endormirent. Un interlude musical annonça la réapparition de Puck.

Neil entra sur scène comme au ralenti, suivi bientôt par d'autres personnages. Le jeune acteur était doté d'une présence extraordinaire et le public ne s'y trompait pas. Charlie, quant à lui, ne quittait pas des yeux Hermia. Knox manqua la moitié de la pièce, trop occupé qu'il était à contempler Chris qui, de son côté, se sentait de plus en plus attirée par son compagnon.

A la fin de l'interlude, Neil se présenta sur les planches. Sa tirade finale était adressée aux spectateurs, mais il la destina tout particulièrement à son père, qui était resté debout au fond de la salle.

Ombres que nous sommes, si nous avons déplu
Figurez-vous seulement, et tout sera pardonné
Que vous n'avez fait qu'un somme
Pendant que ces visions vous apparaissaient.
Ce thème faible et vain,
Qui ne contient pas plus qu'un songe,
Gentils spectateurs, ne le condamnez pas ;
Nous ferons mieux, si vous pardonnez.
Oui, foi d'honnête Puck,
Si nous avons la chance imméritée
D'échapper aujourd'hui au sifflet du serpent
Nous ferons mieux avant longtemps
Ou tenez Puck pour un menteur.
Bonsoir donc à vous tous.
Donnez-moi vos mains,
Si nous sommes amis,
Et Robin prouvera sa reconnaissance.

Le rideau tomba à la fin du monologue. La salle se mit à applaudir à tout rompre. Les camarades de Neil, conquis par son talent, se levèrent pour saluer sa performance. L'assistance entière les imita peu à peu, obligeant toute la troupe à plusieurs rappels.

Les acteurs vinrent ensuite saluer tour à tour. Au milieu d'un tonnerre d'acclamations, le regard de Ginny se porta sur Charlie qui se détachait de la foule par ses « bravos » enthousiastes et ses battements de mains frénétiques. Knox sourit à Chris et, dans la gaieté générale, osa lui prendre la main. La jeune fille n'opposa aucune résistance.

Quand Neil s'avança d'un pas pour faire sa révérence au public, les applaudissements se transformèrent en ovation et le jeune acteur sentit alors grandir une immense vague de bonheur qui déferla sur lui et fit jaillir des larmes de ses yeux.

Lorsque le rideau s'abaissa pour de bon, les membres de la troupe tombèrent dans les bras l'un de l'autre, riant et pleurant. Plusieurs spectateurs enthousiastes vinrent les congratuler.

— S'il vous plaît ! s'égosilla le metteur en scène. Les parents et les amis pourront retrouver les comédiens dans le hall !

— Neil ! appela Todd, coincé dans sa rangée de fauteuils. On t'attend dehors. Tu étais formidable !

Ginny Danburry était entourée d'admirateurs. Ignorant l'injonction du metteur en scène, Charlie grimpa sur la scène. Il remarqua que Lysandre avait un bras passé autour de la taille de la jeune fille.

— Félicitations, Ginny ! fit Lysandre en l'embrassant.

Sans se laisser démonter, Charlie se fraya un chemin jusqu'à Ginny.

— Les étoiles ont moins d'éclat que tes yeux lorsque tu joues, dit-il d'une seule traite en arrivant devant elle.

Ginny sentit qu'il était sincère et répondit à son sourire. Ils restèrent un long moment à se regarder dans les yeux, à tel point que Lysandre esquissa un sourire déconfit et céda la place à son rival.

En coulisse, la troupe portait Neil en triomphe. Mais le metteur en scène vint bientôt troubler cette allégresse insouciante :

— Neil, ton père te demande.

Neil sauta à terre, attrapa son manteau sur une patère et l'enfila à la hâte. Écartant un pan du rideau, il vit son père qui s'impatientait au fond de la salle. Il descendit alors de scène et remonta lentement l'allée, sa couronne à la main.

Charlie aperçut son camarade.

— Neil ! Attends-moi !

Mais l'adolescent ne répondit pas. Charlie le vit rejoindre son père, la tête basse. Pressentant quelque drame, il saisit Ginny par la main et l'entraîna vers la sortie.

Keating et la bande du Cercle attendaient Neil dans le hall.

— Bonsoir tout le monde, fit Knox en venant les rejoindre. Je vous présente Chris.

— On a beaucoup entendu parler de vous ! s'écria Meeks, jovial derrière ses lunettes. Enfin, je veux dire...

Sous le regard noir de Knox, il se perdit en bredouillements inintelligibles.

Soudain, les portes battantes s'ouvrirent en grand et livrèrent passage à Mr. Perry qui escortait son fils comme un prisonnier. Charlie et Ginny marchaient sur leurs talons. Au passage, des spectateurs félicitaient le jeune comédien, qui leur répondait à peine. Perdu dans la foule, Todd essaya d'atteindre son ami.

— Neil ! cria-t-il, Neil, c'était génial !

— Allez, viens, on va tous fêter ça ! dit Knox.

Neil leva les yeux vers eux.

— Pas la peine, répondit-il d'une voix blanche.

Mr. Keating fendit la foule et posa les deux mains sur les épaules de son brillant élève.

— Neil, tu as été superbe ! fit-il, les yeux étincelants.

Mr. Perry s'interposa.

— Vous, écartez-vous de mon fils !

Un silence glacial tomba. Les deux hommes s'affrontèrent un moment du regard. Mr. Keating paraissait chagriné par cette animosité à laquelle il ne répondit pas. Mr. Perry conduisit Neil jusqu'à sa voiture et lui ordonna d'y monter. Charlie voulut les suivre, mais Keating le retint par la manche.

— N'aggravez pas les choses, dit-il tristement.

Mr. Perry mit le contact et démarra en trombe. Le visage de Neil apparut fugitivement derrière la vitre arrière, ses yeux brillants de désespoir semblèrent adresser un dernier adieu à ses amis massés sur les premières marches du théâtre.

— Neil ! cria encore une fois Todd en s'élançant derrière la voiture qui s'éloignait.

Accablés, les membres du Cercle des Poètes Disparus restèrent un moment immobiles.

— Notre fête tombe à l'eau, dit finalement Charlie. Si on rentrait à pied, mon Capitaine ?

— Comme vous voudrez, répondit celui-ci.

Mais le jeune professeur avait répondu d'une voix distraite. Son regard était toujours tourné vers le coin de rue où la voiture noire venait de disparaître.

CHAPITRE 13

Rongée par l'inquiétude, les yeux rougis par les larmes, la mère de Neil attendait dans le bureau de son mari, recroquevillée dans une bergère, à guetter le moindre bruit de moteur. Son cœur tressaillit lorsqu'elle entendit claquer les deux portières de la voiture.

Peu après, Mr. Perry entra dans la pièce et alla droit à son bureau, suivi par Neil, toujours en costume de Puck, le regard fixe. Il se tourna vers sa mère et ouvrit la bouche pour lui parler mais son père l'interrompit aussitôt.

— Neil, ta mère et moi nous efforçons de comprendre pourquoi tu t'obstines à nous tenir tête, mais quoi qu'il en soit, je ne te laisserai pas gâcher bêtement ta vie. Dès demain, je te retire de Welton pour t'inscrire à l'Académie militaire de Braden. Puis tu iras à Harvard et tu feras ta médecine.

Des larmes jaillirent des yeux de Neil tandis qu'une boule de feu lui étreignait la gorge.

— Mais Père, supplia-t-il, ça veut dire encore dix ans ! Presque une vie entière !

— Tais-toi ! cria Mr. Perry. A t'entendre, c'est pire que la prison ! Essaie de te rendre compte, continua-il sur un ton radouci : tu as entre les mains des chances dont je n'osais pas même rêver ! Je n'ai pas l'intention de rester les bras croisés à te regarder les saboter.

— Mais pourquoi on ne me demande pas ce que j'en pense ? explosa Neil. Pourquoi on ne me demande pas ce que j'ai envie de faire ?

— Très bien, dis-moi ce que tu veux !

Mais le ton emporté de Mr. Perry disait assez qu'il n'était pas disposé à écouter.

— Vas-y, parle ! Mais je te préviens, s'il s'agit encore de cette histoire de théâtre, tu peux faire une croix dessus. Alors, qu'est-ce que c'est ? Vas-y, je t'écoute !

Neil savait que ses efforts seraient vains. Ce mur d'incompréhension contre lequel il s'était toujours heurté se dressait devant lui, sans faille, invincible.

— C'est rien, murmura-t-il en baissant la tête.

— Alors, puisque ce n'est rien, conclut Mr. Perry avec satisfaction, allons tous nous coucher.

Et il sortit de la pièce sans se retourner.

La mère de Neil sembla vouloir dire quelque chose à son fils mais elle ne trouva pas les mots. Elle se contenta de poser une main sur son épaule.

Neil avait le regard perdu dans le vague. L'espace d'un instant pourtant, un souvenir ralluma une étincelle dans ses yeux.

— J'ai été bon, maman, si tu avais pu me voir. J'ai été vraiment bon.

Puis ses yeux semblèrent à nouveau fixer le néant.

Plutôt que de rentrer directement à Welton, les Poètes Disparus avaient décidé de faire un crochet par la grotte. Todd, Meeks, Pitts, Charlie et Ginny, Knox et Chris se pelotonnèrent dans leur repaire pour se réchauffer. Charlie tenait un verre de vin à la main et un cadavre de bouteille avait roulé sur le sol. Symbole de Neil qui l'avait apporté dans la grotte, le « Génie de la caverne » trônait sur un rocher et les Poètes Disparus fixaient d'un air morose la petite flamme qui sautillait et dansait.

— Knox, chuchota Chris, il faut que je rentre. Chet pourrait appeler.

— Encore un moment, répondit Knox en lui prenant la main. Tu avais promis.

— Tu es vraiment impossible ! murmura la jeune fille en souriant.

— Au fait, où est Cameron ? s'enquit Meeks.

Charlie avala une gorgée de vin.

— Qu'est-ce que ça peut foutre ?

Todd se leva soudain et martela la paroi de ses poings.

— Voilà comment je vais recevoir le père de Neil la prochaine fois !

— Ne dis pas de bêtise, fit Pitts.

Todd tourna en rond dans la grotte. Soudain, un visage connu apparut à l'entrée, auréolé par la clarté de la lune.

— Monsieur Keating ! s'écrièrent-ils en chœur.

Charlie s'empressa de faire disparaître le verre et la bouteille de vin.

— Je savais bien que je vous trouverais ici, commença le professeur. Allons, messieurs, ne tirez pas ces têtes d'enterrement. Neil serait le premier à vous le dire.

— Pourquoi ne pas tenir une séance en son honneur ? proposa Charlie. Hein, mon Capitaine ? Vous voulez ouvrir la séance ?

Les autres approuvèrent.

— Je ne sais pas..., hésita Mr. Keating.

— Allez, monsieur Keating, s'il vous plaît...

Le professeur regarda tour à tour leurs visages.

— C'est bon, mais alors tambour battant.

Il se tut un moment.

— Je m'en allai dans les bois parce que je voulais vivre sans hâte. Je voulais vivre intensément et sucer toute la moelle de la vie ! Mettre en déroute tout ce qui n'était pas la vie. Pour ne pas découvrir, à l'heure de ma mort, que je n'avais pas vécu.

Il marqua une pause.

— De E. E. Cummings :

> *Plongez à la poursuite de vos rêves*
> *Où un slogan pourrait vous submerger*
> *(Les arbres sont leurs racines*
> *Et le vent est le vent)*
> *Suivez votre cœur*
> *Si les eaux prennent feu*
> *(Et vivez d'amour*
> *Même si les étoiles avancent à reculons)*
> *Honorez le passé*
> *Mais accueillez l'avenir à bras ouverts*
> *(Et dansez pour chasser la mort*
> *De ce mariage)*
> *Qu'importe le monde*
> *Ses bons et ses méchants*

(Car Dieu aime les filles,
Les lendemains et la terre)

Keating se tut et tendit le livre à l'assemblée.
— Qui veut lire ?
Pas de réponse.
— Allons, ne jouez pas les timides.
— Moi, j'ai quelque chose à lire, dit Todd.
Surpris de le voir ainsi prendre l'initiative, tous lui accordèrent une attention religieuse. Il sortit de sa poche des carrés de papier qu'il distribua à la ronde.
— Vous lirez ce vers entre les strophes.
Il déplia alors une feuille et se mit à lire.

Nous rêvons de lendemains qui ne viennent jamais
Nous rêvons d'une gloire dont nous ne voulons pas
Nous rêvons d'un jour nouveau
Quand ce jour est déjà là
Nous fuyons une bataille
Que nous devrions livrer

Todd leur fit un signe de tête. Tous lurent en chœur :
— Et pourtant nous dormons.
Todd reprit seul :

Nous attendons l'appel
Sans jamais le devancer
Nous fondons nos espoirs sur l'avenir
Quand l'avenir n'est que vains projets
Nous rêvons d'une sagesse
A laquelle nous nous dérobons chaque jour

Nous appelons de nos prières un sauveur
Quand le salut est entre nos mains

Et pourtant nous dormons.

Et pourtant nous dormons
Et pourtant nous prions
Et pourtant nous avons peur

Todd replia soigneusement son poème. Les autres applaudirent.

— C'était super ! fit Meeks.

Rayonnant, Todd accueillit les félicitations en rougissant légèrement. Keating sourit avec fierté en songeant aux progrès stupéfiants de son élève. Il détacha de la roche un bloc de glace translucide et le porta devant ses yeux.

— Dans ma boule de cristal, dit-il en prenant une voix chevrotante, je vois un avenir glorieux pour Todd Anderson.

Ils échangèrent un long regard complice puis Todd se jeta dans les bras de son professeur. Après cette brève accolade, Mr. Keating se tourna vers les autres.

— Et maintenant, annonça-t-il, *Le Général Booth entre au Paradis*, de Vachel Lindsay. Quand je m'arrête, vous demandez : « Êtes-vous lavé dans le sang de l'agneau ? » Compris ?

— Compris, Capitaine !

Keating se mit à réciter :

— Booth menait fièrement la marche de son tambour...

Les autres répondirent en chantonnant :

— Êtes-vous lavé dans le sang de l'agneau ?

Keating sortit de la grotte, suivi en file indienne par le groupe d'adolescents.

Assis au pied de son lit, dans la pénombre de sa chambre, Neil avait les yeux tournés vers la fenêtre. La passion qui l'avait enflammé sur les planches du théâtre avait quitté son corps. Le tumulte de son sang dans ses veines s'était apaisé. Toute trace d'émotion avait disparu de son visage et de son cœur. Il lui semblait ne plus être qu'une coquille vide et fragile que le poids de la neige aurait suffi à broyer.

Avec des gestes lents et précis, il ôta sa veste de pyjama et alla ouvrir la fenêtre à guillotine. Un vent glacé s'engouffra aussitôt dans la chambre et pénétra son âme. Neil resta debout sans bouger un muscle, attendant de ne plus sentir la morsure du froid sur sa peau.

CHAPITRE 14

La nuit claire et froide brillait d'un éclat singulier. Par myriades, les étoiles perçaient le ciel et la pleine lune se réfléchissait sur la neige, nimbant les douces collines du Vermont d'une lumière cristalline. La glace qui recouvrait la moindre brindille d'un vernis scintillant transformait la forêt en un palais de cristal et de diamant à travers lequel serpentaient les Poètes Disparus, sur les traces de Mr. Keating qui récitait à haute voix.

« Les Saints lui sourirent gravement et dirent : "Il est venu..."

— Êtes-vous lavé dans le sang de l'agneau ? » répondirent les autres en chœur.

> *Le Christ s'approcha lentement*
> *Vêtu d'une toge, une couronne sur la tête*
> *Pour Booth le soldat*
> *Et la foule mit un genou en terre*
> *Il vit Jésus-Christ. Ils étaient face à face,*
> *Et il s'agenouilla en pleurs dans ce lieu saint.*

— Êtes-vous lavé dans le sang de l'agneau ? »
répéta le chœur.

Tandis que le Cercle progressait dans la nuit
calme, un silence absolu régnait dans la maison des
Perry. Mr. et Mrs. Perry s'étaient couchés et avaient
éteint leur lampe de chevet. Ils n'entendirent pas
grincer la porte de Neil. L'adolescent longea le
couloir puis descendit l'escalier sur la pointe des
pieds.

Une clarté bleue régnait dans le bureau de
Mr. Perry. Neil alla jusqu'au secrétaire de son père,
ouvrit le tiroir du haut et glissa sa main jusqu'au
fond. Ses doigts tâtonnèrent un moment avant de
ramener une petite clef avec laquelle il déverrouilla
le tiroir du bas. Avant de s'enfoncer dans le fauteuil
de cuir, il saisit la couronne tressée que portait
Puck, oubliée sur le bureau, et la posa sur son front.

— Êtes-vous lavé dans le sang de l'agneau ?

Les rayons de lune jouaient dans les cascades
prises par les glaces. Le paysage féerique se combi-
nait à la magie des mots pour envelopper les Poètes
Disparus dans un univers de pureté irréelle. Le
groupe se mit à danser et à jouer dans la neige,
sarabande mouvante dans un décor figé. L'épais
tapis blanc étouffait leurs pas et l'air était si froid
que leurs paroles semblaient geler en sortant de
leur bouche.

Knox entraîna Chris à l'écart et ils échangèrent
un long baiser, savourant le contraste entre la lune
glacée au-dessus de leurs têtes et la douce chaleur
de leurs lèvres pleines.

Mr. et Mrs. Perry dormaient profondément lorsqu'un bruit rond et bref creva le silence de la nuit.

— Qu'est-ce que c'est ? dit Mr. Perry en se redressant subitement.

— Quoi ? demanda sa femme, encore ensommeillée.

— Ce bruit... Tu n'as rien entendu ?

— Quel bruit ?

Mr. Perry s'assit sur son lit. Ses pieds trouvèrent d'instinct ses pantoufles. Il ouvrit la porte donnant sur le couloir et tendit l'oreille. Pas un bruit. Il s'engagea dans le couloir et vit la porte entrebâillée de Neil. La chambre était déserte.

— Neil, appela-t-il, Neil !

Mrs. Perry sortit à son tour, passant les bras dans les manches de sa robe de chambre.

Elle descendit à la suite de son mari qui entrait déjà dans son bureau. Il alluma le lustre du plafond et parcourut la pièce du regard. Tout semblait normal. Il s'apprêtait à ressortir lorsqu'il décela une âcre odeur de poudre. Ses yeux se fixèrent soudain sur un objet qui brillait d'un éclat sombre sur le tapis. Il reconnut son revolver.

Son cœur cessa de battre. Il contourna le bureau et découvrit une main pâle et fluette, la paume tournée vers le ciel.

— NEIL !

Un cri d'horreur avait jailli de sa poitrine. Neil gisait sur le sol, la tête baignant dans le sang. Terrassé par la douleur, Mr. Perry tomba à genoux et étreignit son fils. Accourue à la hâte, sa femme poussa un hurlement et se jeta à terre, prise d'hystérie.

— Mon fils ! Neil ! Non ! Il n'a rien ! Mon Dieu, dites-moi qu'il n'a rien !

Blottis dans la grosse voiture, Mr. Keating et les garçons raccompagnèrent les filles jusque chez elles et regagnèrent Welton tard dans la nuit.

— Je suis mort, vidé, dit Todd en se traînant jusqu'à sa chambre. Je crois que je vais dormir jusqu'à midi.

Mais le lendemain matin, aux premières heures du jour, Charlie, Knox et Meeks se glissèrent dans sa chambre. Leurs visages étaient blêmes. Ils regardèrent un moment Todd, qui dormait à poings fermés.

— Todd..., appela doucement Charlie. Todd...

Il le secoua par l'épaule. L'adolescent ouvrit les yeux et se redressa, encore engourdi par le sommeil. Il cligna des yeux sous l'effet de la lumière pâle. Il les referma et appuya sa tête contre le mur. Puis, tâtonnant à la recherche de son réveil, il s'en saisit et plissa les paupières.

— Il est seulement huit heures. J'ai encore sommeil.

Il se recoucha et tira les couvertures sur lui. Mais soudain il se redressa, les yeux grands ouverts. Ses amis se tenaient sans rien dire au pied de son lit, et il comprit qu'un drame s'était produit.

— Todd, Neil est mort. Il s'est tiré une balle dans la tête, annonça Charlie.

Un gouffre noir s'ouvrit devant les yeux de Todd.

— Oh non ! Neil !

Le cœur lui monta à la bouche. Pris de vertige, il bondit hors du lit et enfila le corridor en hurlant.

Aux toilettes, il s'agenouilla devant le bidet et vomit jusqu'à vouloir cracher ses tripes. Ses amis l'avaient suivi, incapables de trouver le moindre mot de réconfort.

Todd réapparut, le visage ruisselant de larmes. Ses jambes tremblantes le soutenaient à peine.

— Il faut que tout le monde sache que c'est son père le coupable ! s'insurgea-t-il d'une voix étranglée. Neil ne se serait jamais tué ! Il aimait trop la vie !

— Tu ne penses pas sérieusement que son père...

— Pas avec le revolver ! cria Todd. Mais s'il n'a pas appuyé sur la détente, c'est lui qui...

Les sanglots le bâillonnèrent.

— Même s'il n'a pas tiré, se reprit-il, il est responsable de sa mort !

Il s'élança contre le mur, écrasant son visage contre la pierre, les mains en croix.

— Neil ! Neil !

Il tomba lentement à genoux contre le mur, en pleurs, et ses camarades impuissants le laissèrent là, affaissé sur le carrelage des toilettes, accablé de douleur.

En apprenant la terrible nouvelle, Mr. Keating était allé se réfugier dans le silence obscur de sa salle de classe. Il resta longtemps à contempler par les fenêtres ce jour terne qui n'en finissait pas de se lever, cette neige aussi grise que les nuages, noircie ici et là par des bosquets d'arbres dépouillés.

Il s'assit au pupitre de Neil et ouvrit à la première page son vieux volume de poésie. Le murmure de sa voix résonna doucement dans la pièce.

— Pour ne pas découvrir, à l'heure de ma mort, que je n'avais pas vécu...

Ses yeux se voilèrent de larmes et il se mit à pleurer en silence dans la pénombre.

Un jour blafard pesait sur les collines du Vermont et des bourrasques de givre fouettaient le cortège funèbre mené par la complainte d'une cornemuse.

Porté par les Poètes Disparus, Neil fut enterré dans le cimetière de la ville de Welton. Sa mère, frêle silhouette vêtue de noir, suivit la procession en prenant appui sur le bras de Mr. Perry dont le visage fermé restait impénétrable. Mr. Nolan, Mr. Keating et les autres professeurs formaient une haie solennelle autour de la tombe tandis qu'on y descendait le cercueil.

Après l'enterrement, le collège tout entier se rassembla dans la chapelle de Welton. Les professeurs, et parmi eux Mr. Keating, se tenaient debout dans le chœur. L'assemblée entonna un hymne puis le chapelain monta en chaire.

— Seigneur tout-puissant, nous te prions dans ton immense miséricorde d'accueillir Neil. Bénis son front et place-le à ta droite. Que la lumière de ta bienveillance éclaire son chemin et qu'il partage la gloire des élus ! Pardonne-lui ses offenses et accorde-lui la paix éternelle. Amen.

— Amen, répondit l'assistance d'une même voix. Le chapelain céda la place au doyen.

— Messieurs, commença celui-ci d'une voix forte, la mort de Neil Perry est une véritable tragédie. Il était un des meilleurs éléments de Welton et il sera longtemps regretté. Nous avons contacté chacun de vos parents pour leur expliquer la situation ; leur inquiétude est bien compréhensible. A la requête de la famille Perry, j'ai la ferme intention de mener une enquête rigoureuse sur cette affaire. J'attends votre entière coopération.

Sur ces mots lourds de menaces, le doyen quitta la chaire et l'assemblée se dispersa en silence. Charlie, Todd, Knox, Pitts, Meeks et Cameron sortirent ensemble mais se séparèrent sans échanger une parole.

A l'exception de Meeks et de Cameron, ils se retrouvèrent plus tard dans le débarras, au sous-sol du dortoir. Assis sur de vieilles malles, ils semblaient attendre. On frappa à la porte. Meeks entra.

— Impossible de le trouver, annonça-t-il, les mains écartées en signe d'impuissance.

— Il était au courant de la réunion ? demanda Charlie.

— Je lui ai dit et répété.

— Alors ça y est ! J'en étais sûr !

Charlie leva les yeux au ciel. Il alla jusqu'au soupirail et son regard se promena sur le campus dont la pelouse descendait en pente douce à hauteur de ses yeux. Puis il se retourna vers ses camarades.

— On est cuits, les gars, dit-il.

— Comment ça, cuits ? dit Pitts.

— Cameron est un mouchard ! A l'heure qu'il est, il est en train de tout déballer à Nolan.

— Déballer quoi ? dit Pitts.

— Le Cercle, Pitts. Réfléchis.

Pitts et les autres échangèrent des regards perplexes.

— Il faut bien que quelqu'un porte le chapeau, expliqua Charlie. Des affaires de suicide dans ce genre ont coulé plus d'un collège. Mauvais pour la réputation.

Un silence tomba. Les épaules s'affaissèrent. Soudain, ils entendirent une porte s'ouvrir dans le couloir. Knox alla à la porte et vit Cameron entrer dans le vestibule. De la main, il lui fit signe de venir.

— Cameron ! appela-t-il à voix basse.

Cameron le vit. Il sembla hésiter un moment puis traversa le vestibule en direction de la cave. Il eut aussitôt la sensation de se trouver face à un tribunal.

— Quoi de neuf, les gars ? demanda-t-il, s'éclaircissant la voix.

— Tu nous as vendus, pas vrai, Cameron ? dit Charlie en le saisissant par le col.

Cameron se débattit pour lui échapper et se colla contre le mur. Ses yeux clignaient plus vite que de coutume.

— Allez vous faire voir, bande de débiles ! Je ne sais pas de quoi vous parlez !

— Tu viens de tout raconter à Nolan à propos du Cercle ! lui jeta Charlie.

— Au cas où tu ne serais pas au courant, Dalton, il existe un code d'honneur dans cette école ; si un professeur te pose une question, tu dois répondre la vérité ou c'est l'expulsion.

Charlie fit un pas vers Cameron.

— Espèce d'ordure !

Meeks et Knox le retinrent chacun par un bras.

— Attends, Charlie...

— Ce type est un fumier ! Il est dedans jusqu'au cou, alors il a décidé de sauver sa peau tout seul !

— Laisse-le tranquille, dit Knox. Tu lui touches un cheveu et tu te fais virer.

— Je suis viré de toute façon, rétorqua Charlie en se dégageant d'un coup d'épaule.

— Il a au moins raison sur ce point, intervint Cameron. Et si vous n'êtes pas complètement idiots, vous ferez tous comme moi et vous accepterez sagement de coopérer. Ce n'est pas après nous qu'ils en ont. Nous ne sommes que des victimes innocentes. Comme Neil.

— Qu'est-ce que tu racontes ? dit Charlie. Après qui ils en ont alors ?

— Monsieur Keating, pardi. Le Capitaine en personne. Tu vois un meilleur bouc émissaire ?

— Monsieur Keating ? Responsable de la mort de Neil ? C'est ce qu'ils manigancent ?

— Qui d'autre, pauvre débile ? dit Cameron, pris d'un rire nerveux. L'administration ? Monsieur Perry ? C'est bien Keating qui nous a monté la tête, non ? Sans lui, Neil serait tranquillement allongé sur son lit en train d'étudier sa chimie et de rêver à sa future carrière de médecin.

— C'est faux ! s'insurgea Todd. Monsieur Keating ne lui a jamais dicté sa conduite. Neil adorait le théâtre.

Cameron haussa les épaules.

— Tu crois ce que tu veux, dit-il avec une pointe de condescendance. Moi, je dis : laissons griller Keating. Pourquoi gâcher nos vies ?

— Salaud !

Un coup de poing sec accompagna l'insulte. Cameron tomba à la renverse. Charlie était prêt à frapper une seconde fois.

— Charlie ! l'arrêta Knox.

Cameron porta la main à son nez ruisselant de sang. Il eut un sourire narquois.

— Tu viens de signer ton arrêt d'expulsion, Nuwanda, ricana-t-il.

Charlie lui jeta un dernier regard plein de mépris et sortit. Les autres lui emboîtèrent le pas.

Resté à terre, Cameron leur cria :

— Si vous n'êtes pas complètement idiots, vous ferez exactement comme moi ! Ils savent tout, de toute façon ! Vous ne pouvez plus rien pour Keating, mais vous pouvez encore sauver votre peau !

CHAPITRE 15

Le lit de Neil avait été défait, ses couvertures soigneusement pliées reposaient au pied de son lit, sur le matelas à larges rayures grises. Assis à la fenêtre, Todd regardait à travers les croisées en direction du bâtiment administratif de Welton. Meeks en sortit flanqué du professeur Hager et regagna tête basse le dortoir.

Quelques instants plus tard, par sa porte entrebâillée, il vit Hager raccompagner l'adolescent jusqu'à l'entrée du couloir.

Ses lunettes à la main, Meeks passa à hauteur de son camarade sans le voir. Sur ses joues, on devinait la trace de larmes. Il entra dans sa chambre et claqua la porte derrière lui.

— Knox Overstreet, appela Hager sans impatience.

Knox sortit de sa chambre et rejoignit Hager. Tous deux disparurent dans l'escalier.

Lorsque la voie fut libre, Todd sortit sans bruit de sa chambre et alla frapper à la porte de Meeks.

— C'est moi, Todd.

— Laisse-moi, lui répondit Meeks, la voix lourde de sanglots. J'ai du travail.

Todd hésita, comprenant ce qui s'était passé.

— Et Nuwanda ? demanda-t-il à travers la cloison de la porte.

— Renvoyé.

— Qu'est-ce que tu leur as dit ?

— Rien qu'ils ne savaient déjà.

Todd s'éloigna ; il n'obtiendrait rien de plus de son malheureux camarade. Il regagna son poste d'observation. Peu après, Hager escorta Knox jusqu'au dortoir. A nouveau, Todd entrouvrit sa porte. Hager et Knox apparurent au bout du couloir. Le visage de Knox reflétait la tempête qui l'agitait : ses yeux brillaient, ses joues tremblotaient. Todd recula contre le mur, terrifié à l'idée qu'ils avaient réussi à briser Knox.

Son nom résonna dans le couloir.

— Todd Anderson.

Hager attendait. L'adolescent inspira profondément, leva brièvement les yeux au ciel puis ouvrit la porte et se dirigea en traînant les pieds vers le vieux professeur.

Sur le chemin, il pouvait entendre la respiration haletante de Hager, que ces allées et venues épuisaient. Le vieux professeur fit halte à l'entrée du bâtiment, le temps de reprendre son souffle.

Le jeune garçon et le vieil homme gravirent lentement les marches menant au bureau de Nolan. Todd s'imaginait monter à la potence.

Hager le fit entrer et referma derrière lui la lourde porte capitonnée de cuir. Le doyen était à son bureau, calé dans son fauteuil. A sa droite, légèrement en retrait, Todd eut la surprise de trouver ses parents.

— Papa... Maman...

— Veuillez vous asseoir, monsieur Anderson.

Todd prit place sur la chaise vide qui l'attendait en face du bureau de Nolan. Il jeta un coup d'œil vers ses parents qui restaient immobiles, le visage fermé. Todd frotta légèrement ses mains moites l'une contre l'autre.

— Monsieur Anderson, commença Nolan avec autorité, nous savons désormais, *grosso modo*, ce qui s'est passé ici. Vous admettez avoir fait partie de ce Cercle des Poètes Disparus, n'est-ce pas ?

Les yeux de Todd allèrent de Nolan à ses parents. Il ferma les paupières et fit « oui » de la tête.

— Réponds ! ordonna son père.

— Oui, murmura Todd.

— Je n'ai pas bien entendu, dit Nolan.

— Oui, monsieur, répondit Todd, à peine plus fort.

Nolan lui montra une liasse de quelques feuillets.

— J'ai ici une description détaillée de ce qu'étaient ces réunions. C'est la preuve irréfutable que votre professeur de Lettres, monsieur Keating, en a été l'instigateur, et qu'il a ainsi favorisé l'éclosion de comportements indisciplinés. De surcroît, ces témoignages prouvent que monsieur Keating, aussi bien dans sa classe qu'à l'extérieur, a encouragé Neil à assouvir son penchant pour le théâtre tout en sachant que celui-ci allait à l'encontre de la volonté explicite de ses parents. En outrepassant scandaleusement ses prérogatives, monsieur Keating s'est ainsi rendu directement responsable de la mort de Neil Perry.

Nolan tendit le document à Todd.

— Veuillez lire ceci attentivement. Si vous n'avez aucune addition ou correction à y apporter, alors je vous prierai de le signer.

Todd prit les quelques feuillets et les lut lentement. Lorsqu'il eut achevé sa lecture, le papier tremblait entre ses doigts. Il leva les yeux.

— Que... Que va devenir... monsieur Keating ? demanda-t-il à Nolan.

Son père se leva et lui empoigna le bras.

— Qu'est-ce que ça peut bien te faire ?

— Laissez, monsieur Anderson, le calma le doyen, sûr de sa victoire. Asseyez-vous, je vous prie. Je tiens à ce qu'il le sache.

Il regarda l'adolescent dans les yeux.

— Nous ignorons encore si monsieur Keating a enfreint la loi. Si tel est le cas, il sera poursuivi en justice. Mais ce que nous pouvons faire d'ores et déjà, et votre signature comme celles de vos camarades nous y aideront, c'est veiller à ce que monsieur Keating n'enseigne plus jamais.

— Il... Il n'enseignera plus ? bredouilla Todd.

Son père se leva à nouveau.

— Ça suffit comme ça, Todd. Signe ce papier.

— Calme-toi, chéri, dit sa femme.

— Mais... enseigner, c'est toute sa vie !

— En quoi est-ce que ça te concerne ? demanda son père.

— En quoi est-ce que *je* vous concerne ? rétorqua l'adolescent en se tournant vers ses parents. Monsieur Keating s'intéresse plus à moi que vous ne l'avez jamais fait !

Le père de Todd se dressa au-dessus de son fils, blême de rage, et lui présenta un stylo.

— Signe !

Todd fit non de la tête.

— Je ne signerai pas.

— Todd ! sanglota sa mère.

— C'est un tissu de mensonges ! Je refuse de signer !

Son père tenta de lui mettre le stylo de force dans la main. Nolan quitta son siège.

— Tant pis, dit-il, qu'il en subisse les conséquences.

Il fit le tour de son bureau et vint se placer en face de Todd.

— Tu crois pouvoir sauver monsieur Keating ? Tu viens de le voir, nous avons les signatures de tes complices. Mais si tu ne signes pas, tu seras placé en probation disciplinaire jusqu'à la fin de l'année et consigné tous les soirs et les week-ends. Et si tu mets seulement le pied hors du campus, ce sera l'expulsion simple et définitive.

Le doyen et les parents de Todd observèrent l'adolescent, guettant un signe de capitulation.

— Je ne signerai pas, répéta-t-il finalement, d'une voix douce mais ferme.

— Alors nous en reparlerons ce soir après les cours, dit Nolan avec une pointe d'irritation. Tu peux disposer.

Todd se leva et quitta la pièce sans un regard pour ses parents.

— Je suis désolée, dit Mrs. Anderson au doyen lorsque son fils eut refermé la porte capitonnée. Je me sens coupable...

— Nous n'aurions jamais dû l'envoyer ici, renchérit Mr. Anderson, les yeux sur la pointe de ses chaussures.

— Allons donc, dit Nolan. A son âge, les enfants sont très influençables. Nous le ramènerons dans le droit chemin.

Le lendemain, Mr. McAllister se promenait sur le campus à la tête d'un groupe d'élèves. Plutôt que de les gaver de déclinaisons, le professeur de latin avait opté pour une leçon de choses *in situ* et *de visu*.

— Neige se dit *nix, nivis* ; le bâtiment est *aedificium* ; l'école, *schola, scholae*...

Cette modeste innovation pédagogique était aussi dans son esprit un dernier clin d'œil qu'il adressait à son collègue sur le départ.

Mr. McAllister s'arrêta et leva les yeux vers les fenêtres du quartier réservé aux professeurs. Il aperçut la silhouette de Mr. Keating, le visage tourné vers l'horizon. Leurs regards se croisèrent et Mr. McAllister lui adressa un petit signe d'adieu. Puis il poussa un soupir, et reprit sa marche.

— *Magister, magistri*, le maître d'école ; *arbor, arboris*, l'arbre...

Keating s'écarta de la fenêtre. Sur l'étagère au-dessus de son bureau, il attrapa ses livres de poésie — Byron, Whitman, Wordsworth. Puis, se ravisant, il les abandonna à leur sort et boucla sa valise. Un dernier regard sur sa petite chambre et Mr. Keating disparut dans le corridor, sa valise à la main.

Ses anciens élèves étaient en classe de littérature. Todd était recroquevillé sur sa chaise comme au premier jour de classe, les yeux fixés sur le sol. Knox, Meeks et Pitts n'en menaient pas beaucoup plus large. Tous les anciens membres du Cercle des

Poètes Disparus se sentaient trop coupables pour oser même échanger un regard. Seul Cameron paraissait presque normal, les yeux dans son cahier comme si de rien n'était.

Rappelant le drame que venait de vivre Welton, les pupitres vides de Neil et de Charlie laissaient des trouées béantes dans les rangs.

La porte s'ouvrit soudain et Mr. Nolan fit son entrée dans la classe. Les garçons se levèrent et ne se rassirent que lorsque le doyen se fut installé à son bureau.

— Je vais reprendre cette classe en main jusqu'aux examens, dit-il en promenant son regard à la ronde. Nous trouverons un professeur titulaire pendant les vacances. Bien. Qui peut me dire où vous en êtes dans le Pritchard ?

Nolan leva le nez, attendant une réponse qui ne vint pas.

— Monsieur Anderson ?

— Dans le... le Pritchard..., répéta Todd, d'une voix à peine audible.

Il feuilleta nerveusement son livre.

— Je ne vous entends pas, monsieur Anderson.

— Je... Je crois que... nous...

— Monsieur Cameron, l'interrompit Nolan exaspéré par ces balbutiements. Veuillez répondre, je vous prie.

— Nous avons beaucoup sauté, monsieur. Nous avons étudié les romantiques et certains chapitres de la littérature d'après la guerre de Sécession.

— Et les réalistes ? s'enquit le doyen.

— Je crois que nous les avons sautés, répondit Cameron.

Nolan resta un moment les yeux fixés sur Cameron.

— Très bien, dit-il enfin. Nous allons recommencer depuis le début. Qu'est-ce que la poésie ?

Aucun doigt ne se leva. Soudain, la porte de la classe s'ouvrit et Mr. Keating apparut dans l'embrasure.

— Je suis venu prendre mes affaires, dit-il à Mr. Nolan. Préférez-vous que j'attende la fin du cours ?

— Prenez vos affaires, monsieur Keating, répondit le doyen avec un geste d'impatience. Messieurs, ouvrez vos livres à la page vingt et un de l'introduction. Monsieur Cameron, veuillez lire, je vous prie, l'excellent avant-propos du professeur Pritchard sur l'appréhension de la poésie.

— Monsieur Nolan, cette page a été arrachée.

— Alors empruntez le livre d'un de vos camarades, répliqua le doyen.

— Elles ont toutes été arrachées, monsieur.

Nolan jeta un regard mauvais en direction de Keating.

— Que voulez-vous dire, elles ont toutes été arrachées ?

— Monsieur, nous...

— C'est bon, fit Nolan.

Il se leva et tendit son propre exemplaire à Cameron.

— Lisez !

— « Comprendre la poésie », par le docteur ès lettres J. Evans Pritchard. « Pour bien comprendre la poésie, il faut d'abord se familiariser avec la métrique, le rythme et les figures de style. Il faut ensuite se poser deux questions. Premièrement, le thème est-il traité avec art... »

Keating s'affairait devant son armoire, dans un coin de la pièce. L'ironie du hasard, qui avait voulu que Mr. Nolan choisît de lire précisément le texte de Pritchard, lui arracha l'ombre d'un sourire. Il jeta un œil en direction des élèves. Il vit Todd, ses traits crispés et les larmes qui perlaient à ses yeux. Il vit Knox, Meeks, Pitts... tous le menton sur la poitrine, trop honteux pour seulement croiser son regard. Après un lourd soupir, il finit de trier ses affaires et contourna à nouveau la classe pour gagner la sortie.

Il avait déjà la main sur la poignée lorsque, dans son dos, éperdu de repentir et de chagrin, Todd se leva d'un bond et explosa :

— Monsieur Keating, ils nous ont forcés à le signer ! cria-t-il d'une seule traite, couvrant la voix monocorde de Cameron.

Nolan se raidit de colère.

— Taisez-vous, monsieur Anderson.

— C'est la vérité, monsieur Keating ! continua Todd. Il faut me croire !

— Je vous crois, répondit Keating d'une voix calme, dépourvue de toute amertume.

Nolan fulminait de voir son autorité aussi ouvertement bafouée.

— Laissez partir monsieur Keating !

— Mais il n'y était pour rien, monsieur Nolan !

Todd refusait de se taire. Bouillant de colère, le doyen se précipita à son pupitre et voulut l'obliger à s'asseoir.

— Asseyez-vous, monsieur Anderson ! cria-t-il. Un mot de plus et c'est la porte !

Son visage cramoisi balaya la classe :

— Ceci vaut pour tout le monde ! Un seul mot et vous êtes renvoyés !

Il s'adressa alors à Keating :

— Partez sur-le-champ ! Disparaissez !

Un silence s'abattit sur la salle. Les garçons observaient leur ancien professeur du coin de l'œil, comme s'ils espéraient l'impossible. Keating hésita, le temps d'un dernier adieu silencieux, puis pivota sur ses talons. Il s'apprêtait à laisser la classe derrière lui lorsqu'un appel l'arrêta net :

— Ô Capitaine ! Mon Capitaine !

La voix soudain claire et affirmée de Todd venait de résonner dans la salle. Tous les regards convergèrent sur l'adolescent. Lentement, avec assurance, Todd mit un pied sur sa chaise et grimpa sur son pupitre. Ravalant ses larmes, il s'y tint immobile, saluant ainsi son professeur.

Un bref instant désarçonné par l'incongruité de ce geste et par l'étrange dignité qu'il revêtait, le doyen était maintenant au bord de l'apoplexie :

— Descendez ! C'est un ordre ! hurla-t-il en trépignant.

Mais, comme il s'époumonait aux pieds de Todd, on vit soudain Knox, à l'autre bout de la salle, répéter les gestes de son camarade et se jucher sur son pupitre. Un éclair de panique passa dans les yeux du doyen. Rassemblant tout son courage, Meeks monta lui aussi sur sa table. Pitts l'imita. L'un après l'autre, galvanisés par leur exemple, les élèves se dressèrent pour offrir un dernier salut à leur professeur. Seuls quelques-uns, dont Cameron, écrasés par la peur ou le remords, restèrent assis, la tête dans les épaules.

Nolan avait renoncé à reprendre le contrôle de la classe et contemplait avec une fureur mêlée de stupeur cet hommage rendu à Mr. Keating.

Submergé par l'émotion, celui-ci n'avait pas bougé, les yeux brillants.

— Merci, messieurs, dit-il simplement, avec un frémissement dans la voix. Merci à tous.

Il regarda Todd dans les yeux, puis tous les Poètes Disparus. Après un dernier signe de la tête, il quitta la pièce, et le collège de Welton, les laissant debout sur leurs pupitres, maîtres d'eux-mêmes et de leur destin.

Composition réalisée par C.M.L., Montrouge

IMPRIMÉ EN FRANCE PAR BRODARD ET TAUPIN
Usine de La Flèche (Sarthe).
LIBRAIRIE GÉNÉRALE FRANÇAISE - 6, rue Pierre-Sarrazin - 75006 Paris.

ISBN : 2 - 253 - 05815 - 7   ✠ 30/7324/4